Neide Simões de Mattos
Suzana Facchini Granato

LIXO
PROBLEMA NOSSO DE CADA DIA

2ª edição

Conforme a nova ortografia

Editora Saraiva

Gerente editorial
Rogério Carlos Gastaldo de Oliveira

Editora-assistente e preparação de texto
Kandy Sgarbi Saraiva

Secretária editorial
Flávia Zambon

Estagiária
Gabriela D'Amico Zarantonello

Pesquisa iconográfica
Editorial

Coordenação de revisão
Pedro Cunha Jr. e Lilian Semenichin

Gerência de arte
Nair de Medeiros Barbosa

Assistentes de produção
Grace Alves/Letícia dos Santos

Projeto gráfico de miolo e capa
Hamilton Olivieri

Imagens de capa:
Fotos: Lixeiras – Milton Rodrigues; Escorregador – Evelson de Freitas/AE
Balança de pneu – Michael Pole/Corbis; Lixo nuclear – Opção Brasil Fotoarquivo; Pilhas – Thinkstock/Getty Images
Ilustrações: Reciclagem de CDs/samambaias: Ricardo de Krishna; Latinha/Planeta no lixo: João Anselmo

Ilustrações
Ricardo de Krishna/João Anselmo

Diagramação
Adriana Maria Nery de Souza

Produção gráfica
Rogério Strelciuc

Impressão e acabamento
Forma Certa Gráfica Digital

Dados Internacionais de Catalogação na Publicação (CIP)

Mattos, Neide Simões de
Lixo : problema nosso de cada dia / Neide Simões de Mattos, Suzana Facchini Granato. — 2. ed. — São Paulo : Editora Saraiva, 2013.

ISBN 978-85-02-22079-9

1. Cidadania 2. Lixo – Eliminação – Aspectos ambientais 3. Lixo – Recuperação – Aspectos ambientais I. Granato, Suzana Facchini. II. Título.

CDD-372.357

Índices para catálogo sistemático:

1. Educacão ambiental : Ensino fundamental 372.357
2. Lixo : Eliminação : Ensino fundamental 372.357
3. Lixo : Reciclagem : Ensino fundamental 372.357
4. Meio ambiente : Ensino fundamental 372.357

8ª tiragem, 2023

CL: 810136
CAE: 577524

Saraiva Educação S.A.

Avenida das Nações Unidas, 7.221 – Pinheiros
CEP 05425-902 – São Paulo – SP
www.editorasaraiva.com.br

Tel.: (0xx11) 4003-3061
atendimento@aticascipione.com.br

"Todos têm direito

ao meio ambiente ecologicamente

equilibrado, bem de uso comum do

povo e essencial à sadia qualidade de vida,

impondo-se ao Poder Público e à

coletividade o dever de defendê-lo

e preservá-lo para as presentes e

futuras gerações."

Ilustração digital de João Anselmo

(Artigo 225 da Constituição da República Federativa do Brasil de 1988)

Sumário

O lixo que produzimos

O lixo é formado por tudo aquilo que consideramos inútil, velho, sujo ou indesejável, ou seja, aquele material que, por razões diversas, acaba jogado fora ou descartado.

Nenhum objeto dura para sempre. Roupas, móveis, brinquedos, utensílios domésticos podem durar um bom tempo, mas certamente um dia acabarão no lixo. A maioria das pessoas acha que colocando o lixo para fora de casa o problema está resolvido. Ledo engano, pois é aí que o problema começa...

Você sabia que quanto mais próspera e rica uma sociedade, mais lixo ela produz? Isso acontece porque a prosperidade estimula o consumo de bens em geral, seja de alimentos, seja de objetos considerados necessários.

lixo:
palavra que deriva do latim *lix* e significa "cinza". Sinônimos da palavra lixo: detrito, dejeto, refugo, resto, resíduo.

Nos Estados Unidos, por exemplo, o problema é enorme. Como o poder aquisitivo da população é alto, a produção diária de lixo chega a 2,3 quilos por pessoa. Esse consumismo desenfreado, o excesso de embalagens e o desperdício contribuem para um volume de lixo que as cidades não dão conta de destruir.

De acordo com o levantamento feito pela Associação Brasileira de Empresas de Limpeza Pública e Resíduos Especiais — Abrelp, em 2010 o Brasil produziu 60,8 milhões de toneladas de resíduos sólidos urbanos (lixo doméstico e resíduos da limpeza urbana), quantia 6,8% superior à registrada no ano de 2009 e seis vezes superior ao índice de crescimento populacional no mesmo período. Não há mais espaço apropriado para acomodar todo esse lixo!

Para onde vai o lixo brasileiro?

O destino de 42,4% do lixo composto por resíduos sólidos urbanos (RSU) coletado no Brasil é inadequado, segundo dados de 2010 da Abrelpe — Associação Brasileira de Empresas de Limpeza Pública e Resíduos Especiais. Os resíduos vão parar em lixões, áreas a céu aberto sem nenhum preparo para receber esses dejetos. Com isso, o chorume (ver p. 25) contamina o solo e o lençol freático, trazendo sérias consequências ao meio ambiente.

Quantidade de Municípios por tipo de destinação final de RSU

Disposição Final	Regiões e Brasil					
	Norte	Nordeste	Centro-Oeste	Sudeste	Sul	BRASIL
Aterro Sanitário	85	439	150	798	692	2.164
Aterro Controlado	107	500	145	639	369	1.760
Lixão	257	855	171	231	127	1.641
BRASIL	**449**	**1.794**	**466**	**1.668**	**1.188**	**5.565**

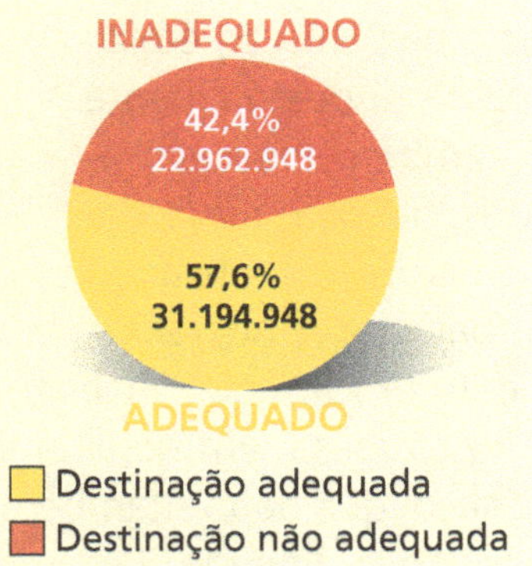

Destinação final de resíduos sólidos urbanos no Brasil em 2010 (t/ano)

Fonte: CASTAGNARI, Eduardo (Coord.). *Panorama dos resíduos sólidos no Brasil — 2010.* São Paulo: Abrelpe, 2010. p. 46.

Todo objeto ou artefato utilizado pelas pessoas, além da possibilidade de se tornar lixo, depois de ser usado produz lixo também durante o seu processamento. Vejamos alguns exemplos.

O pão, consumido diariamente pela maior parte da população do nosso planeta, deixa muitos restos pelo caminho antes de chegar à nossa mesa. Vamos considerar apenas o pãozinho comum feito de farinha de trigo, água, sal e fermento.

Durante a colheita, os grãos de trigo são separados dos restos da planta, que normalmente são descartados como lixo. Nos moinhos ou moendas, onde os grãos são triturados para fazer a farinha, também sobram restos, como as cascas dos grãos.

O fermento, que faz o pão crescer, é produzido industrialmente e também deixa resíduos no seu processamento, isso sem falar da embalagem, posteriormente descartada. Finalmente, o pão que chega à nossa mesa, em geral embalado em papel ou plástico, que depois também vão para o lixo, será ingerido e digerido. Parte dele vai ajudar nosso corpo a produzir energia, e parte vai ser eliminada como fezes. Ainda, o farelinho de pão que se perde sobre a mesa poderia ser somado a esses restos.

Etapas da produção de pão

Ilustrações digitais de João Anselmo

Parece pouco?

Pense na quantidade de farelo de pão jogado fora na sua casa durante os 365 dias do ano. Multiplique esse resultado pelo número de casas da sua cidade e estenda o cálculo para todas as cidades do planeta. Certamente você chegará ao equivalente a uma montanha de farelo!

Outro exemplo que podemos dar é o deste livro que você tem agora nas mãos. Antes de ficar pronto, ele passou por várias etapas, em que principalmente muito papel foi gasto e descartado como lixo. A fabricação do próprio papel também gerou lixo.

Depois de lido, que destino você dará a este livro?

Caberá a você decidir se ele vai durar muito ou pouco e por quanto tempo ainda deverá servir. Você poderá guardá-lo cuidadosamente para leituras futuras, emprestá-lo a colegas, familiares e amigos ou, então, esquecê-lo abandonado em um canto qualquer.

Você terá coragem de jogá-lo fora como lixo?

Fabricação do papel

Ilustração digital de João Anselmo

A fabricação do papel

Os diversos tipos de papel usados para fazer livros, jornais e revistas são feitos de celulose, uma fibra extraída dos vegetais. A principal fonte de celulose é a madeira, embora outras partes vegetais também forneçam fibras.

A fabricação do papel segue, basicamente, as seguintes etapas:

Primeiro, a madeira é fragmentada e embebida em água, formando uma pasta, denominada polpa. Em seguida, a polpa é submetida a processos químicos que separam as fibras da celulose dos outros componentes da madeira e fazem o branqueamento do material. Então, a polpa passa por uma secagem e é prensada. Depois de mais uma secagem final, o papel está pronto.

As diferentes características do papel, tais como textura, flexibilidade, espessura e resistência, vão depender, principalmente, dos tipos de fibra utilizada, do processamento químico e da prensagem.

A natureza do lixo

Há lixos e lixos.... O lixo pode variar muito, dependendo do material que o compõe. De acordo com sua procedência ou origem, pode ser domiciliar, hospitalar, industrial, agrícola, atômico, espacial etc.

O mais comum é o domiciliar, ou seja, o que sai de nossas casas. Ele é, também, o mais variado e volumoso.

Você tem ideia da quantidade de lixo que produz por dia?

Calcula-se que cada brasileiro produza um quilo diariamente, o que significa que somente o município de São Paulo, o mais populoso do país, é responsável por 19 mil toneladas de lixo por dia! Para ter uma ideia do que isso representa, esse volume é equivalente a um prédio de quinze andares!

Se pensarmos numa vida de setenta anos, cada um de nós produzirá, nesse ritmo, 25 toneladas de lixo. Um bebê da era moderna, que utiliza fraldas descartáveis, come papinha industrializada de potinho e bebe leite em caixinha, produz, em apenas um final de semana, uma quantidade de lixo equivalente a quatro vezes o seu tamanho. É muito lixo!

O lixo do serviço de saúde, como o próprio nome sugere, provém de hospitais e clínicas médicas. Esse é um lixo muito especial e perigoso, porque é formado por algodão, gaze, compressas, seringas, agulhas, frascos, restos cirúrgicos e outros materiais que estiveram em contato com pessoas doentes. Como ele é contaminado com agentes de inúmeras doenças, só pessoas treinadas devem lidar com ele.

Os resíduos das indústrias, por sua vez, formam o lixo industrial. O tipo de indústria vai determinar o tipo de resíduo: metal, madeira, papel, restos vegetais, restos animais, produtos químicos etc.

Você sabe, por exemplo, quais os resíduos provenientes de indústrias de calçados, frigoríficos e indústrias têxteis?

Já os resíduos da construção civil constituem um problema à parte, devido a seu grande volume, que é de fato maior que o do lixo domiciliar. O Brasil, por exemplo, produz, por ano, quase 31 mil toneladas desse tipo de lixo.

Daniel Augusto Jr./Pulsar

Coisas consideradas inúteis vão para o lixo.

Vamos fazer um teste

Faça, de memória, uma relação dos materiais mais comuns encontrados no lixo de sua casa. Compare a sua lista com a de seus colegas e avalie as diferenças quanto ao volume e variedade. Discuta com eles o que significam as diferenças encontradas. Por exemplo, os restos de comida revelam hábitos alimentares da família; fraldas pequenas indicam a existência de um bebê; fraldas grandes, provavelmente a de um adulto doente; muitos fiapos de linha podem ser indício de alguém que costura, borda ou tem uma atividade que utiliza fios.

Não é preciso ser detetive para descobrir, por meio do lixo, de que maneira uma família vive, o que costuma comer, como e no que trabalham seus membros, não somente em casa, mas também fora dela, e até a forma como se divertem...

Analisando as listas de lixo dos colegas, descubra como vivem as respectivas famílias.

Resíduos industriais

A maior parte dos resíduos industriais no Brasil vai parar em aterros, sem utilidade ou serventia. Mas já existem empresas que transformam esse lixo em matéria-prima. Por exemplo, resíduos de empresas siderúrgicas podem virar asfalto e cimento; telhas de excelente qualidade podem ser produzidas com a mistura de betume (resíduo de refinaria) e restos de papel e papelão; e a incineração de inúmeros resíduos industriais pode alimentar fornos de alta potência.

Jota Correa/Angular

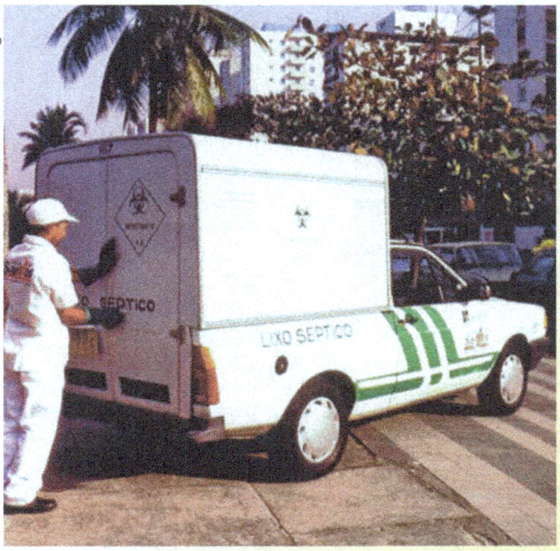

Evelson de Freitas/Folha Imagem

Jacek/Kino.com.br

Lixo industrial e lixo hospitalar.

Com as atividades agrícolas não é diferente: também produzem lixo. Além de restos das colheitas, o lixo agrícola pode conter ainda outros materiais que requerem muito cuidado ao serem manuseados e transportados. Estamos falando das sobras dos fertilizantes e agrotóxicos usados nas lavouras e na pecuária, bem como de suas embalagens. Esses resíduos precisam de cuidados especiais para serem descartados, devido aos prejuízos que podem causar ao meio ambiente, à saúde humana ou animal. De acordo

fertilizante: material que torna a terra mais fértil.

agrotóxico: material usado para controlar pragas das lavouras.

com a Lei n. 12.305/2010, que instituiu a Política Nacional de Resíduos Sólidos, depois de utilizados, os restos e as embalagens desses produtos devem ser devolvidos corretamente às indústrias fabricantes e poderão ter dois destinos: reciclagem ou incineração.

O lixo atômico, também conhecido como lixo nuclear, é o mais perigoso, por ser formado de materiais que contêm elementos ou substâncias radioativas. Ele provém principalmente das usinas que utilizam reatores nucleares para produzir energia elétrica e de aparelhos e certos procedimentos médicos empregados no diagnóstico e cura de inúmeras doenças, por exemplo, os aparelhos de raios X.

lixo atômico ou lixo nuclear:
lixo formado por átomos cujos núcleos emitem radiação.

reator nuclear:
equipamento em que é produzida uma reação em cadeia dos núcleos atômicos, de forma controlada.

Instituto Nacional de Processamento de Embalagens Vazias — Inpev
www.inpev.org.br

Juca Martins/Pulsar

Bombeiros trabalhando com lixo químico. São José dos Campos, SP, 1996.

O que é radioatividade?

É a propriedade que alguns materiais têm de emitir certas partículas ou radiação eletromagnética, como partículas alfa, partículas beta, raios gama, raios X etc. Quando atingem os seres vivos, essas partículas e radiações podem causar danos que vão desde queimaduras e destruição de tecidos até várias formas de câncer e morte. Os danos dependem do poder de penetração da radiação, da sua intensidade e do tipo de tecido ou organismo atingido.

tecido:
conjunto de células que têm o mesmo aspecto e função.

Corbis

Paisagem após a explosão da bomba atômica em Nagasaki, Japão, em 13 de agosto de 1945.

Para saber mais sobre o assunto, acesse:
Comissão Nacional de Energia Nuclear — CNEN: CARDOSO, Eliezer de Moura (Org.). *Radioatividade* — apostila educativa. Disponível em: <www.cnen.gov.br/ensino/apostilas/radio.pdf>. Acesso em: 1 out. 2012.

Cuidado: perigo de contaminação radioativa

Em 15 de fevereiro de 2007, a Agência Internacional de Energia Atômica, da ONU, lançou um novo símbolo para alertar a respeito do perigo de contaminação radioativa. A nova imagem, que contém o símbolo antigo — três triângulos truncados formando um círculo —, foi incrementada com ondas, uma caveira e ossos cruzados, além de uma pessoa correndo.

Segundo notícia do jornal *O Estado de S. Paulo*, de 17 de fevereiro do mesmo ano, "o novo símbolo foi desenhado após um estudo de cinco anos envolvendo 1650 pessoas de diferentes idades e experiências em 11 países, para garantir que sua mensagem de 'perigo, fique longe' fosse clara e entendida por todos".

ONU

Outro tipo de lixo que tem despertado preocupação, pois só tende a aumentar, é o espacial (ver boxe abaixo). Ele é formado por satélites, sondas e foguetes desativados ou seus fragmentos. Esses refugos representam perigo para os novos artefatos lançados ao espaço, visto que podem colidir com eles, danificando-os ou destruindo-os. Também existe a possibilidade de caírem na superfície terrestre e causarem acidentes, além de contribuírem para aumentar o volume de lixo por aqui.

Lixo espacial

Os satélites artificiais desativados que se mantêm em órbita constituem o lixo espacial. Quanto maior a altitude, mais tempo os resíduos espaciais ficam em órbita. Abaixo dos 600 quilômetros, o lixo espacial costuma cair na Terra em poucos anos; a 800 quilômetros, o tempo que permanece em órbita chega a décadas; acima dos 1 000 quilômetros, pode ficar séculos no espaço.

A ameaça do lixo espacial

A Estação Espacial Internacional (ISS, na sigla em inglês) quase foi atingida por um pedaço de satélite russo em março de 2012. O espaço entre a ISS e o lixo espacial foi tão curto que os seis astronautas a bordo foram obrigados a se proteger em duas cápsulas visando voltar à Terra em caso de colisão. O choque poderia inutilizar o conjunto de módulos que vale US$ 100 bilhões.

Stocktrek/Getty Images

Em 12 anos de existência da ISS, é a terceira vez que astronautas se preparam para fugir de uma iminente colisão. No total, a agência espacial americana Nasa monitora quase meio milhão de unidades de lixo espacial, a maioria destroços de satélites inativos, grande ameaça à rede de satélites ativos da Terra, essencial para as comunicações, por exemplo.

A Agência Espacial Europeia (ESA), por sua vez, aponta que dos mais de 6 mil satélites lançados desde o começo da era espacial, menos de mil ainda estão em operação. O restante ou entrou novamente na atmosfera ou continua em órbita como lixo espacial. Para ter ideia da gravidade do problema, um parafuso com cerca de 2 centímetros, por exemplo, que sobrevoe a Terra a uma velocidade de 7,5 quilômetros por segundo, pode destruir um satélite ativo.

Adaptado de: JULIÃO, André. A ameaça do lixo espacial. *IstoÉ*, São Paulo, ed. 2212, 30 mar. 2012. Disponível em: <www.istoe.com.br/reportagens/196957_A+AMEACA+DO+LIXO+ESPACIAL>; Agência europeia lança alerta sobre lixo espacial. *O Estado de S.Paulo*, São Paulo,11 jul. 2012. Disponível em: <www.estadao.com.br/noticias/vidae,agencia-europeia-lanca-alerta-sobre-lixo-espacial,898787,0.htm>. Acessos em: 1 out. 2012.

O lixo e o meio ambiente

O lixo é considerado um fator de poluição ambiental. Além de tornar feio o local onde se encontra, produz mau cheiro e ainda atrai visitantes indesejáveis, como ratos, baratas, moscas, besouros e urubus, entre outros.

O que se entende por poluição?

Qualquer substância ou forma de energia acrescentada ao ambiente em velocidade ou quantidades maiores que as naturais e capaz de provocar concentrações acima do normal é agente de poluição. As substâncias ou agentes da poluição são denominados **poluentes**. Conforme o tipo de poluente e a porção do ambiente mais afetada, pode-se falar em poluição do ar, da água ou do solo.

Algumas formas de poluição, como a sonora, produzem somente efeitos locais e de curto prazo. Outras, como o refugo das fundições de minérios, afetam áreas limitadas, mas podem persistir por muitos anos. Certos pesticidas podem durar bastante e se espalhar pelo mundo todo. O DDT (diclorodifeniltricloretano), por exemplo, que durante muito tempo foi usado para controlar pragas de lavouras, já foi encontrado, em diferentes países, no leite de mães que estão amamentando e em animais das mais remotas regiões do planeta, como o continente antártico.

Poluição por resíduos sólidos

O Decreto Estadual n. 8.468/76, de São Paulo, que aprovou a Lei n. 997/76, proíbe que sejam depositados, dispostos, descarregados, enterrados, infiltrados ou acumulados no solo resíduos em qualquer estado da matéria, se forem poluentes. Permite somente a deposição de resíduos no solo se for feita de forma adequada, devendo sempre haver prévia aprovação dos órgãos competentes, para o seu transporte, tratamento e disposição final.

poluição:
palavra derivada de "poluir", que significa "sujar, corromper, manchar".

minério:
material do qual se pode extrair um mineral.

pesticida:
substância que mata ou destrói os agentes das pestes, pragas ou doenças.

Companhia de Tecnologia de Saneamento Ambiental — Cetesb
http://licenciamento.cetesb.sp.gov.br/legislacao/estadual/decretos/1976_Dec_Est_8468.pdf
www.cetesb.sp.gov.br/licenciamento/documentos/1976_Lei_Est_997.pdf

Juca Martins/Pulsar

Resíduos sólidos amontoados a céu aberto.

O maior ou menor grau de poluição causada pelo lixo depende da quantidade e dos tipos de detritos que o compõem.

Fábio Colombini/Kino.com.br

Decomposição causada pelo bolor.

O lixo é formado por material orgânico e inorgânico. O orgânico resulta diretamente dos seres vivos, sendo formado por restos de vegetais, animais e microrganismos. Já o inorgânico compreende restos como vidro, metal, plástico e entulho de construção.

Na natureza, a maioria dos materiais se decompõe, isto é, sofre degradação, desmanchando-se em substâncias mais simples, que voltam a fazer parte do ar, da água e do solo. A degradação pode resultar da ação de agentes biológicos, químicos ou físicos. Os agentes biológicos são os seres vivos; os químicos, as substâncias que reagem com os materiais do lixo; e os físicos, as forças ou formas de energia que provocam desgaste e fragmentação dos materiais, como os impactos mecânicos e térmicos.

A degradação biológica ou biodegradação é a que acontece com o lixo orgânico. É realizada pelos organismos decompositores, principalmente fungos e bactérias, que transformam a matéria orgânica em outras substâncias. É a forma mais rápida de degradação, que pode levar de alguns dias a vários meses.

Você já viu coisas emboloradas, como pães ou frutos velhos?

O bolor só aparece em material orgânico, pois ele é um ser vivo que se alimenta dos restos de outros seres vivos. Surge e se desenvolve geralmente em questão de dias. Entretanto, há exceções na velocidade de decomposição do lixo orgânico, pois certos restos, como ossos, conchas e alguns tipos de madeira, podem resistir até séculos à decomposição.

O lixo inorgânico também passa por uma decomposição, mas, em geral, bem mais lenta do que a do orgânico. Ela é causada por agentes químicos e/ou físicos e pode demorar dezenas, centenas ou até milhares de anos.

impacto mecânico: choque, tensão ou pressão produzida por um corpo.

impacto térmico: choque produzido por mudança brusca de temperatura.

Tempo que os materiais levam para se decompor na natureza

Ilustrações digitais de Ricardo de Krishna

Como você pode perceber, a degradação é um processo que ocorre espontaneamente na natureza e que, do ponto de vista humano, pode ser rápido ou muito demorado. A biodegradação faz parte de uma série de processos através dos quais os seres vivos obtêm energia, que passam uns para os outros nas cadeias alimentares. Vejamos o que é uma cadeia alimentar.

Denomina-se cadeia alimentar a sequência pela qual o alimento e, consequentemente, a energia são transferidos de um ser vivo para outro. Começa com os produtores, passa por vários consumidores e termina com os decompositores.

Os organismos denominados autótrofos são capazes de sintetizar o próprio alimento, utilizando, por exemplo, energia luminosa e substâncias simples como a água e o gás carbônico. Por utilizarem energia luminosa, esses organismos são fotossintetizadores e compreendem as plantas, as algas e as cianobactérias. Os organismos incapazes de sintetizar matéria orgânica alimentam-se de outros e são, portanto, denominados heterótrofos.

Os autótrofos são produtores das cadeias alimentares, e os heterótrofos, consumidores e decompositores. Os produtores iniciam as cadeias alimentares produzindo o alimento; os consumidores formam sequências de seres que se alimentam uns dos outros; e, finalmente, os decompositores fecham as cadeias, desmontando a matéria orgânica em seus constituintes mais simples.

autótrofo:
auto significa "por si mesmo"; *trofos*, "alimento".

fotossintetizador:
foto significa "luz"; sintetizador, "elaborador", "produtor".

alga:
organismo que vive na água ou ambiente bem úmido e realiza fotossíntese.

cianobactéria:
bactéria dotada de pigmentos, principalmente de cor azul (*ciano* = azul), que também realiza a fotossíntese.

heterótrofo:
heteros significa "de outro"; *trofos*, "alimento".

O fluxo de energia

Toda atividade dos seres vivos é realizada à custa de energia fornecida pela matéria orgânica, ou seja, energia dos alimentos.

Os organismos produtores, as plantas, armazenam energia solar sob forma de energia química quando sintetizam matéria orgânica. Parte dela é consumida pelos próprios produtores e parte fica armazenada e vai servir de alimento aos consumidores de plantas, os herbívoros. Eles são consumidores primários que, por sua vez, utilizam parte da energia em suas atividades ou a perdem sob forma de calor. Desses consumidores primários, novamente, apenas uma parte da energia é transferida para os comedores de carne, os carnívoros, que são consumidores secundários. Esses animais podem servir de alimento para consumidores terciários, e, estes, para consumidores quaternários. Assim, a energia vai sendo transferida de um nível alimentar (ou nível trófico) para outro. Para visualizar melhor essa transferência, podemos construir uma pirâmide de energia.

Pirâmide de energia e cadeia alimentar

Ilustrações digitais de Ricardo de Krishna

O lixo ao longo da história

Desde a pré-história o lixo tem sido um problema. Muitas comunidades, quando incomodadas por causa dele, migravam para outros locais. Os restos deixados para trás constituem atualmente valiosa fonte de informação sobre culturas pré-históricas. Quando descobertos, esses restos são objeto de estudo dos arqueólogos. No Brasil, por exemplo, são encontrados os sambaquis, grandes amontoados de conchas de ostras, mariscos e outros restos de cozinha que testemunham os hábitos alimentares e parte da cultura dos antigos habitantes do nosso país. São encontrados ao longo de todo o litoral brasileiro e, às vezes, nas margens de rios.

arqueólogo: estudioso da arqueologia, que significa "estudo da antiguidade" (*arqueos* = velho; *logos* = estudo).

sambaqui: do tupi *tambá*, "concha"; *qui*, "colina".

Com o surgimento das cidades, o problema do lixo ficou ainda maior. Desde a Antiguidade até meados do século XIX, as ruas urbanas acumulavam não só restos de alimentos e pequenos objetos, como também excrementos de animais e de humanos. Certamente as grandes epidemias e pestes da Idade Média tiveram aí a sua origem.

Os primeiros depósitos de lixo surgiram em Atenas, na Grécia, e, embora existissem leis proibindo jogar lixo nas ruas, as pessoas não se importavam, deixando as cidades muito sujas. Na Índia, eram construídas edificações especiais para armazenar o lixo que tanto incomodava.

Ilustrações digitais de Ricardo de Krishna

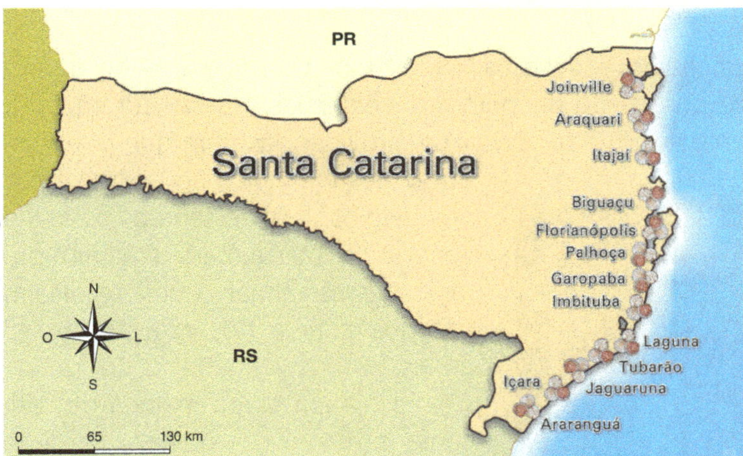

Localização aproximada das principais áreas com sambaquis conhecidos ao longo do litoral de Santa Catarina.

Sambaqui

Claudio Laranjeira/Kino.com.br

Mais gente, mais lixo

O lixo está diretamente relacionado com o aumento da população humana e de suas necessidades.

Os primeiros povoados datam de 8.000 a.C. e marcaram o início do período histórico. Na pré-história, os seres humanos eram nômades e se dedicavam à caça de animais e coleta de raízes, tubérculos e frutos dos vegetais. A produção de lixo era pequena e não se acumulava.

A transição para o período histórico foi marcada pela fixação de populações humanas em determinados locais propícios à prática do pastoreio e da agricultura. Esses lugares habitados passaram a acumular lixo. A criação de animais e a produção de alimentos permitiram um rápido crescimento da população humana e, consequentemente, um aumento do lixo no mundo.

O infográfico abaixo mostra o aumento da população:

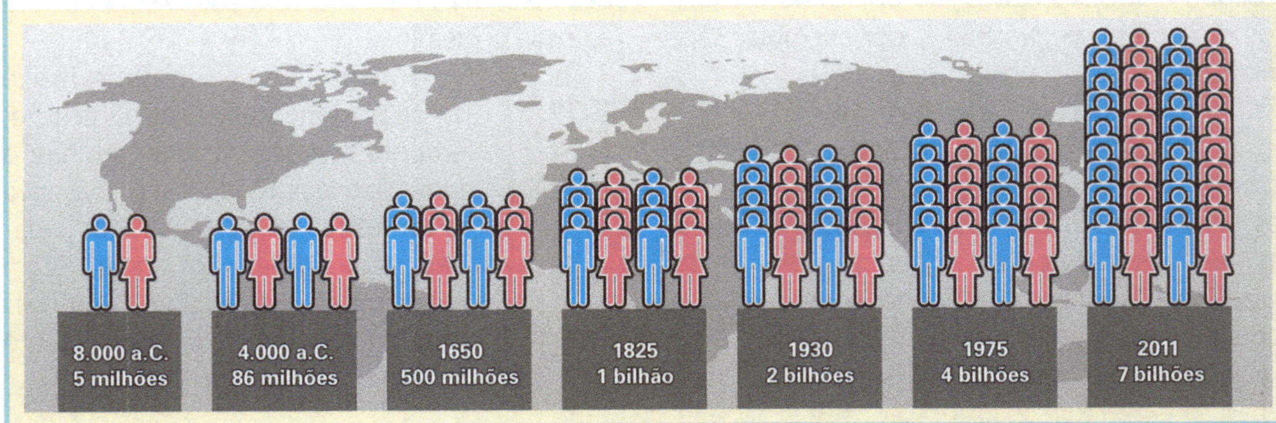

Ilustração digital de Ricardo de Krishna

Fonte: Organizado por MATTOS, Neide Simões de; GRANATO, Suzana Facchini. São Paulo, 2012.

Com o desenvolvimento dos processos sanitários no século XIX, reconheceu-se que o lixo e os animais a ele associados (ratos, baratas, moscas etc.) eram transmissores de doenças e de possíveis epidemias. Assim, foram tomadas as primeiras providências para que o lixo tivesse outro destino que não as ruas e terrenos baldios. Com o tempo, passou a ser coberto com terra, para impedir a proliferação desses animais, numa técnica muito parecida com a dos aterros sanitários atuais.

Hoje em dia, a maioria das cidades conta com serviços públicos de limpeza, que compreendem tanto a coleta domiciliar do lixo quanto o transporte e destino final dos resíduos sólidos.

Hulton Deutsch Collection/Corbis

Devido à escassez causada pela guerra, as pessoas eram levadas a separar o lixo para reciclar papéis, jornais, latas e vidro.

sanitário (adjetivo): relativo à saúde, higiênico.

aterro sanitário: lugar que se elevou ou nivelou com lixo e/ou entulho; para onde são levados, nas grandes cidades, o lixo e o entulho.

Nas últimas décadas, o crescimento mundial do consumo de produtos industrializados e principalmente dos descartáveis, aliado à explosão populacional do Terceiro Mundo, vem tomando proporções assustadoras que requerem medidas imediatas para evitar um colapso desse sistema.

Em 1960, o crítico social Vance Packard já chamava nossa época de "Era do Descartável". Dados atuais mostram que, enquanto a população mundial cresceu 18% entre 1970 e 1990, a produção de lixo aumentou 25%.

Até meados do século XX o lixo era constituído basicamente de matéria orgânica, ou seja, de restos de comida. Com o avanço da tecnologia, plásticos, isopores, pilhas, baterias de celulares e lâmpadas passaram a constituir boa parte do lixo. Em 1986, o planeta contava com 1,3 milhão de celulares. No início de 2012, já são 3 bilhões em funcionamento. As baterias, altamente tóxicas, na maioria das vezes vão parar em depósitos de lixo a céu aberto e, se não bastasse, acabam contaminando não apenas os depósitos de água subterrâneos, mas também as águas de superfície.

Bill Varie/Corbis

Material descartável não biodegradável

Lâmpadas fluorescentes contêm vapor de mercúrio
No *site* www.lixo.com.br, clique em Gestão de Resíduos e depois em Lâmpadas Fluorescentes.

Reciclagem de pilhas e baterias - Mundo sustentável
www.mundosustentavel.com.br/2008/03/reciclagem-de-pilhas-e-baterias

Média de lixo produzido por 1 pessoa em 1 ano

Numa grande cidade, uma pessoa produz anualmente como lixo uma média de:

Ilustração digital de Ricardo de Krishna

O lixo no mundo

A produção de lixo é um problema no mundo todo, e dar a ele um destino adequado é um dos grandes desafios da administração pública. A coleta e o depósito final do lixo estão entre os mais importantes serviços de saúde pública e bem-estar social.

Quando depositado de forma inadequada, o lixo serve de abrigo e fornece alimento para ratos, moscas, baratas e outros animais, permitindo a proliferação de agentes de inúmeras doenças, como fungos e bactérias.

Embora seja um problema em qualquer cidade e até nas zonas rurais, é nos grandes centros que a questão do lixo se torna mais séria. Você já pensou que toneladas e toneladas de lixo, provenientes da produção conjunta de cada casa

Juca Martins/Pulsar

Muitos animais vivem no lixo. Na foto, lixão de São Bernardo do Campo (SP), 1992.

Juca Martins/Pulsar

O lixo pode ser queimado, compactado ou enterrado.

e de cada local de trabalho, têm de ser removidas diariamente? E que isso exige um caro e bem planejado sistema de coleta?

Outro problema, ainda mais complicado, é o destino desse lixo, pois ele tem de ser levado para locais seguros. Como o lixo só tende a aumentar, esses lugares vão se tornando cada vez mais escassos.

Então, cada povo, ou melhor, cada cidade tem de encontrar uma saída para esse problemão. Assim, diferentes soluções têm sido adotadas: queimar todo ou parte do lixo, compactar, enterrar, depositar em grandes caixas de concreto ou, até, pagar para despachar o lixo para locais bem distantes.

No Japão, onde não há depósitos de lixo devido à falta de espaço, uma parte dos detritos é colocada em navios e enviada para outros países, que recebem uma compensação em dinheiro para armazená-lo. Em Nova York, o cidadão que não separar o material reaproveitável do restante do lixo paga uma multa de US$ 300. Na Suíça, onde se paga caro por saco de lixo jogado fora, as pessoas devolvem aos supermercados embalagens e recipientes. Na França, muitas donas de casa estão comprando leite somente em embalagens plásticas reutilizáveis e não mais em embalagens cartonadas.

Com isso, as indústrias estão sendo pressionadas a diminuir e racionalizar as embalagens, o que leva muitas dessas empresas a produzirem embalagens retornáveis, que são mais procuradas pelo consumidor graças aos descontos que proporcionam.

Ainda são poucas as cidades que estão realmente investindo em soluções definitivas e "ideais". Um exemplo é o reaproveitamento do lixo em usinas geradoras de energia. Em Madri, 50 mil habitantes recebem energia gerada dessa forma. O lixo produz gás metano, que movimenta uma pequena usina termoelétrica.

termoelétrica (ou termelétrica): usina que utiliza calor para gerar energia elétrica.

Países ricos, consumistas e atolados em lixo

Diminuir a quantidade de lixo gerada e encontrar soluções adequadas para eliminar o que não tem mais jeito é uma preocupação global. Em países industrializados, como os da Europa e Estados Unidos — onde o acúmulo de sujeira acompanha o ritmo acelerado de produção e consumo —, o problema chegou no limite. [...]

A União Europeia estipulou uma meta de reduzir o despejo final de lixo em 20% (com base nas quantidades de 2000) até 2010 e em 50% até 2050. [...]

Entre as providências já tomadas pelos países-membros estão a criação da etiqueta ecológica para ajudar os consumidores a identificar produtos "verdes", ou ecologicamente corretos; medidas para reduzir em 65% o despejo de lixo biodegradável em aterros sanitários de 2006 a 2016, além de programas de coleta seletiva de sucesso em toda a Europa.

Nos Estados Unidos e no Japão também há iniciativas bem-sucedidas na área de reciclagem, tanto por parte do governo, como das empresas, ONGs e da própria população. O Japão é o país líder em reciclagem, com 50% do total dos resíduos reaproveitados. [...]

Em 1999, a reciclagem e a compostagem evitaram que 64 milhões de toneladas de resíduos acabassem em aterros nos EUA. O índice de reciclagem no país praticamente dobrou nos últimos 15 anos e hoje chega a 28%, de acordo com a EPA [Agência Norte-Americana para o Ambiente]. [...]"

Fonte: COLAVITTI, Fernanda. O que fazer com o lixo. *Galileu*, São Paulo, n. 143, p. 48-49. jun. 2003.

Ilustração digital de João Anselmo

Na cidade de São Paulo, funcionam apenas dois aterros sanitários, além de três estações de transbordo, isto é, pontos de destinação intermediários, criados devido à distância entre a área de coleta e o aterro sanitário. Calcula-se que 15 milhões de dólares sejam gastos para montar uma usina de reciclagem capaz de consumir 250 toneladas de lixo por dia e gerar energia para 5 mil pessoas. Essa poderá ser uma boa saída.

Manual de Operação de Aterros Sanitários — Conder — Companhia de Desenvolvimento urbano do Estado da Bahia

www.unipacvaledoaco.com.br/ArquivosDiversos/Cartilha%20Opera%C3%A7%C3%A3o%20Aterro%20Sanit%C3%A1rio%20CONDER.pdf

Usina de Reciclagem

No *site* www.lixo.com.br, clique em Gestão de Resíduos e depois em Usinas.

Lixo e energia elétrica

Em janeiro de 2004 a Prefeitura de São Paulo inaugurou a Usina Termoelétrica Bandeirantes, primeira geradora de eletricidade a partir do lixo urbano construída na América Latina. Ela está instalada junto a um aterro sanitário, desativado em 2007. Os gases coletados no aterro movimentam os geradores elétricos, que produzem energia suficiente para uma cidade de 200 mil habitantes.

O lixo em São Paulo

Os resíduos da cidade de São Paulo, até o fim do século XIX, eram recolhidos pelos chacareiros, que moravam na zona rural, para alimentar porcos e adubar as plantações. Só em 1869 é que a Câmara Municipal colocou alguns carroceiros para coletar o lixo não aproveitado.

Como já foi citado, atualmente no município de São Paulo são geradas aproximadamente 19 mil toneladas de lixo por dia. Como a coleta é deficiente, calcula-se que 30% do lixo brasileiro fique espalhado pelas ruas nas grandes cidades. O problema ainda se agrava mais quando chega a época das chuvas: o lixo é considerado o grande causador das enchentes em São Paulo todo início de ano. Esse lixo espalhado entope bueiros, diminuindo a vazão das águas e levando a cidade ao caos.

Para onde vai o lixo?

Na maioria das cidades, o lixo é levado para longe de nossa vista e de nosso olfato. Pagamos impostos para os órgãos públicos cuidarem devidamente do lixo, nos livrando, assim, dos transtornos e dos riscos que ele representa. Portanto, os procedimentos corretos de coleta e o destino do lixo são questões fundamentais, pois deles dependem nossa saúde e bem-estar.

No Brasil, as prefeituras são responsáveis pela coleta e destino final do lixo. Para decidir o que fazer com ele, a administração pública deve levar em conta as características da cidade e as vantagens e desvantagens de cada processo.

Os cuidados com o lixo começam com a coleta. Muitas prefeituras contratam os serviços de empresas particulares para realizar a coleta e o transporte, ou seja, terceirizam o serviço.

Vamos saber como é feita a coleta do lixo. São várias as formas: a regular, a de alto risco, a industrial, a de altíssimo risco, a seletiva e várias outras, que surgem conforme a necessidade.

esterilizado: tornado estéril, livre de agentes vivos, geralmente por ação do calor.

A *coleta regular* é encarregada dos lixos domiciliar e comercial e normalmente utiliza caminhões comuns, fechados ou compactadores. Dependendo da cidade, a coleta é realizada diariamente ou em dias alternados, e o transporte se dá até a unidade de destino mais próxima.

A *coleta de alto risco* é realizada em hospitais, clínicas médicas, farmácias e clínicas veterinárias. Geralmente, são utilizados caminhões fechados ou peruas utilitárias, com pessoal treinado, pois é grande o risco de contaminação. Esse material é levado até locais especiais para ser queimado ou esterilizado. Só depois desse processo é que as cinzas ou o material esterilizado podem ser levados para os locais de depósito do lixo comum.

A *coleta industrial*, por sua vez, retira das indústrias os rejeitos sólidos. Para isso, as próprias indústrias contratam empresas especializadas que, para esse tipo de serviço, utilizam carros-caixa ou caminhões compactadores. Os resíduos não tóxicos podem ser destinados aos lixões ou aos aterros sanitários, mantidos pelo município. Já os resíduos tóxicos devem ser levados para os aterros industriais, longe de habitações humanas, rios, córregos ou nascentes e a distância segura dos depósitos subterrâneos de água.

Juca Martins/Pulsar

Caminhão de coleta de lixo

Uma coleta considerada de *altíssimo risco* é, por exemplo, a do lixo nuclear, que acontece em locais que utilizam material radioativo. Tanto a coleta quanto o destino desse material estão a cargo não das prefeituras, mas de Comissões Especiais de Energia Nuclear. A coleta é realizada por técnicos especialmente treinados para lidar com material radioativo, que utilizam roupa protetora e instrumentos capazes de evitar a contaminação.

Opção Brasil Fotoarquivo

Técnicos lidando com lixo nuclear.

Acidente em Chernobyl

Alain Nogues/Corbis Sygma

Chernobyl, dez anos após o desastre nuclear. Foto de 1996.

Em 26 de abril de 1986 ocorreu um grave acidente em Chernobyl, Ucrânia, quando explodiu o reator de uma usina nuclear. A explosão deslocou uma grande massa de ar contaminado com poeira radioativa, que se espalhou rapidamente pela maior parte da Europa. O prédio do reator teve de ser todo concretado e isolado para impedir que a radiação continuasse vazando.

A explosão e a radiação causaram a morte imediata de trinta e uma pessoas. Cerca de duzentas se contaminaram e ficaram doentes, muitas delas vindo a falecer. Embora seja difícil fazer uma estimativa, calcula-se que, em todo o mundo, o acidente foi e ainda continua sendo responsável por mais de 400 mil mortes por câncer, além de deformidades em recém-nascidos.

Contaminação pelo césio-137 em Goiânia

Em setembro de 1987, um aparelho de radioterapia foi encontrado por dois catadores de papel em Goiânia e vendido a um ferro-velho. No aparelho havia um pequeno cilindro de metal com césio-137, um material radioativo em forma de pó que apresentava um brilho azulado. O cilindro foi aberto e o dono do ferro-velho distribuiu o misterioso pó para familiares e amigos. Cerca de duzentas e cinquenta pessoas ficaram contaminadas, como também ficaram contaminados os locais para onde o material ia sendo levado. Várias pessoas morreram, outras ficaram doentes, com manifestação de vômito e mal-estar. Algumas sofreram queimaduras graves, e pelo menos uma delas teve o braço amputado.

A Comissão Nacional de Energia Nuclear foi avisada do acidente e um grupo de técnicos foi a Goiânia para tomar as providências necessárias: isolar os locais que manifestavam radioatividade e recolher todo o material contaminado, levando-o para local seguro. Uma grande quantidade desse solo contaminado foi retirada das áreas afetadas e ainda está armazenada, transferindo o problema por gerações.

Hoje, mais de uma década depois do acidente, ainda ocorrem doenças graves em vítimas dessa contaminação, porque, depois de quinze anos, a exposição ao césio exerce poder cancerígeno. Apenas 614 pessoas foram reconhecidas pelo governo goiano como vítimas da contaminação e vêm recebendo alguma assistência. A estimativa é que cerca de cinco mil, incluindo familiares, tenham sido contaminadas.

Para saber mais sobre o assunto, acesse:
Greenpeace — <www.greenpeace.org.br/nuclear/cesio/flash_cesio.html>. Acesso em: 1 out. 2012.

Outro tipo de coleta é a **seletiva**, destinada ao lixo previamente separado nas próprias casas em que é gerado. É o lixo que de alguma forma vai ser reaproveitado ou reciclado e cujo destino são indústrias e oficinas de artesãos e artistas. Infelizmente, a coleta seletiva é realizada em poucas cidades. Na sua cidade ela existe?

Em muitos lugares, principalmente grandes centros urbanos, há pessoas que se dedicam, por conta própria, à coleta seletiva. São os catadores, que utilizam carrinhos de mão, carroças puxadas por animais e até veículos motorizados. O material recolhido é vendido a indústrias, que o reciclam.

Delfim Martins/Pulsar

Catador de lixo em rua de São Paulo

Helvio Romero/AE

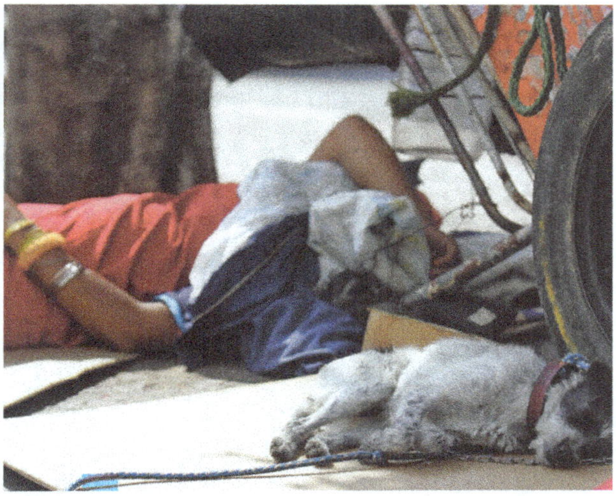

Catador de lixo e seu cão dormem ao lado de carroça no centro de São Paulo, em agosto de 2004.

Todo o lixo coletado é transportado, então, até seu destino final. Os destinos mais comuns são: os lixões, os aterros controlados, os aterros sanitários, a incineração, a compostagem e a reciclagem.

A forma mais barata e ainda muito usada é a dos depósitos a céu aberto ou *lixões*. Entretanto, esses depósitos apresentam sérios problemas ambientais, sanitários e sociais. Muitas pessoas tiram seu sustento da catação nesses locais, vivendo em condições subumanas. Ali proliferam ratos, baratas, moscas e larvas de insetos atraídos pelos restos orgânicos e pela água acumulada em vasilhames, pedaços de plástico e pneus. Esses animais são responsáveis pela transmissão de uma série de doenças, como a febre tifoide, a salmonelose, disenterias, a malária, a dengue, a febre amarela, a cólera, a giardíase, a leptospirose, dentre outras. A matéria orgânica exposta gera mau cheiro e o chorume, que contamina as águas. Muito desse material lá depositado pode ser carregado pela chuva ou pelo vento e obstruir rios e outros canais de escoamento de água, provocando grandes enchentes.

chorume: líquido de cor escura, proveniente da decomposição da matéria orgânica.

Aterro sanitário celular

Em Angra dos Reis (RJ), o lixão a céu aberto foi substituído pelo aterro sanitário celular, que recebeu esse nome por utilizar células ou compartimentos impermeabilizados com argila, onde o lixo é depositado, compactado e recoberto com terra para ficar isolado do ar. Então, a parte orgânica do lixo vai ter a decomposição acelerada pelo sistema de biorremediação, que consiste no seguinte:

Primeiro o chorume é drenado e levado para tanques, onde é misturado com bactérias fermentadoras, vinagre, sangue de boi e sal. Depois, ele volta para as células para apressar a decomposição do lixo orgânico. O chorume que sobra é levado para um filtro biológico, formado por solo arenoso, plantas e bactérias que filtram nitrogênio. Assim tratado, o líquido restante é jogado em um rio.

Terminado o processo de decomposição orgânica, o compartimento do lixo é aberto. Cerca de 60% é transformado em adubo, e o restante do material, constituído por metal, plástico, tecidos e vidro, é enviado para indústrias de reciclagem.

A biorremediação é uma tentativa de solucionar uma das maiores preocupações atuais em todo o mundo: a falta de espaços para despejar a grande quantidade de resíduos produzidos. Aliada ao aterro celular, essa tecnologia degrada em um ano o que a natureza levaria 40 anos para fazer.

Fonte: BARIFOUSE, Rafael. Problemas enterrados. *Ciência Hoje*, São Paulo, v. 34, n. 199, p. 38-39, nov. 2003.

Bem melhores que os lixões são os *aterros controlados*, onde o lixo é disposto em valas, compactado e recoberto por terra. A cobertura com terra evita a aproximação de animais e o deslocamento do lixo com as chuvas.

Nos *aterros sanitários*, o lixo é disposto em valas forradas com lonas plásticas, compactado várias vezes por um trator e depois recoberto com uma camada de 15 a 30 centímetros de terra, evitando que atraia animais. Os gases e o chorume resultantes da decomposição do lixo são coletados e tratados para não causar mau cheiro e contaminação dos lençóis freáticos, além de poderem ser usados para a produção de calor e energia. Os aterros sanitários, entretanto, têm vida útil de curta duração, o que torna cada vez mais escassas as áreas disponíveis para esse fim.

A *incineração* é a queima do lixo em incineradores até que seja reduzido a cinzas, que, então, são levadas para aterros sanitários. Além de destruir o lixo contaminado (como o hospitalar), o objetivo é diminuir o volume de lixo. É um processo caro, que envolve tecnologia para evitar que a fumaça tóxica emitida pelo incinerador contamine o ar que respiramos.

Delfim Martins/Pulsar

Delfim Martins/Pulsar

Aterro sanitário

lençol freático: depósito subterrâneo de água próximo à superfície.

biodigestão: digestão ou transformação da matéria orgânica por ação dos microrganismos.

A *compostagem* é a reciclagem do lixo para utilização como adubo agrícola. Nas usinas destinadas a esse tipo de reciclagem, o lixo é levado para as esteiras de catação, onde os materiais inorgânicos são separados manualmente junto com latas e outros materiais de aço, que eventualmente podem ser separados com o auxílio de um ímã. O material orgânico passa, então, por um processo de biodigestão. Após esse processo e um tempo de maturação fora do biodigestor, esse material orgânico será triturado e peneirado, originando o composto orgânico, excelente para ser usado na agricultura em geral.

Manual de compostagem doméstica com minhocas
http://www.resol.com.br/cartilhas/compostasp_pdf_site.pdf

USP Recicla — Faça uma composteira
www.ib.usp.br/coletaseletiva/saudecoletiva/compostagem.htm

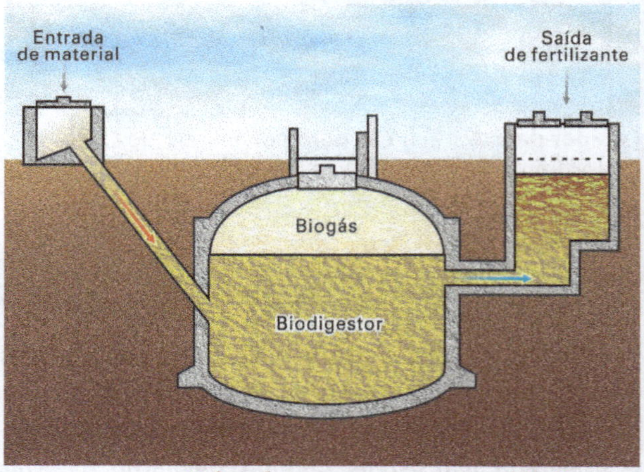

Ilustração digital de Ricardo de Krishna

Usina de compostagem com biodigestor

O material reciclável vai para depósitos ou usinas de reciclagem, onde será devidamente separado, embalado e estocado. Depois, será destinado a diferentes indústrias para a reciclagem. Embora este seja o melhor destino que se pode dar ao lixo, depende de vários fatores: empresas interessadas em reciclar, investimento dos órgãos públicos em campanhas educativas, viabilização da coleta do material reciclável, conscientização e participação da população etc.

Marcos Peron/Kino.com.br

Depósito de material para reciclagem em Campinas, SP, 1999.

E quanto ao lixo gerado na zona rural? Ele é de responsabilidade dos proprietários rurais. As atividades agrícolas e agropecuárias geram lixo de várias procedências: restos vegetais e animais, embalagens e vasilhames contendo resíduos tóxicos, além dos restos domésticos, produzidos pelos que trabalham no campo.

O material não tóxico pode ser enterrado ou, no caso de restos orgânicos (como palha vegetal e fezes animais), ser devolvido à terra, como adubo. As embalagens e os vasilhames que continham os agrotóxicos usados contra as pragas das lavouras devem ser devolvidos às firmas ou empresas que os venderam, visto que são habilitadas a dar o encaminhamento correto a esse tipo de material. Ao contrário do que ocorre, esse tipo de lixo não pode de forma alguma ser largado em qualquer lugar, para não contaminar pessoas, alimentos, a água e o solo, bem como não deve nunca ser reutilizado.

O destino mais problemático é o do lixo nuclear ou atômico. Países que produzem muito lixo nuclear enfrentam uma questão especialmente difícil, pois o lixo radioativo não pode ser destruído, e a radioatividade pode perdurar por milhares de anos. Ainda não existem depósitos considerados totalmente seguros, então, o lixo radioativo tem sido estocado em locais provisórios. Uma das propostas mais aceitas atualmente é que ele, além de colocado em compartimento de metal e concreto, seja enterrado a, no mínimo, 500 metros de profundidade.

Fundação Henrique Böll — A energia nuclear em debate
www.br.boell.org/web/50-1184.html

Quantidade de resíduos de serviços de saúde coletados pelos municípios

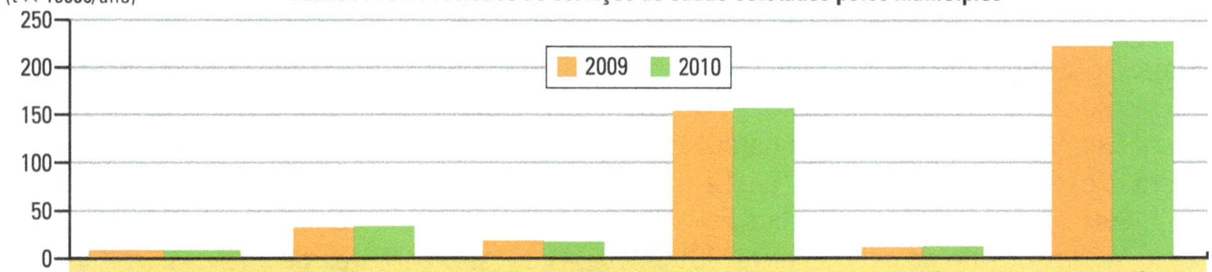

	Norte	Nordeste	Centro-Oeste	Sudeste	Sul	Brasil
2009	8,0	31,7	17,8	152,8	11,0	221,3
2010	8,3	33,4	17,2	157,1	12,0	228,0

Fonte: CASTAGNARI, Eduardo (Coord.). *Panorama dos resíduos sólidos no Brasil* — 2010. São Paulo: Abrelpe, 2010. p. 35.

Atividade – Como a sua cidade resolve o problema do lixo?

Formem uma equipe, de 4 ou 5 colegas, para investigar a coleta e o destino do lixo na sua cidade.
Passos para a investigação:

1º — Consigam, na Prefeitura, informações sobre a coleta do lixo: número e tipo de veículos que fazem o serviço, os dias de recolhimento e as quantidades recolhidas.
2º — Informem-se sobre o destino do lixo, local ou locais de depósito e sobre o tratamento que recebe.
3º — Verifiquem se existem indústrias que reciclam materiais na sua cidade ou em municípios próximos.
4º — Procurem artesãos ou artistas da região que utilizam material considerado lixo.
5º — Façam um relatório sobre as informações obtidas e apresentem sugestões para melhorar o sistema de coleta e destino do lixo na cidade.
6º — Apresentem o relatório à classe e discutam com ela as conclusões a que chegaram.

O lixo e a questão social

De acordo com estimativas do Fundo das Nações Unidas para a Infância — Unicef baseadas na pesquisa Água e Vida, de 1998, e no Fórum Nacional Lixo & Cidadania, de 1999, cerca de 45 mil crianças e adolescentes viviam e trabalhavam em lixões espalhados pelo Brasil. Desde muito cedo estão expostos a perigos, como o movimento de caminhões e máquinas, objetos cortantes e contaminados, alimentos estragados e animais transmissores de doenças. Ajudando os pais a catar papéis e outros materiais reaproveitáveis ou recicláveis, carregam, muitas vezes, pesados fardos. A grande maioria é desnutrida e doente e nunca frequentou uma escola. É comum apresentarem doenças como pneumonia, febre tifoide, dengue, doenças de pele, diarreia e leptospirose.

> **Lei n. 8.069, de 13 de julho de 1990**
> www.planalto.gov.br/ccivil_03/Leis/L8069.htm
>
> **Crianças e adolescentes no universo do lixo**
> www.mprs.mp.br/areas/infancia/arquivos/lixo.pdf

Como se tudo isso não bastasse, essas crianças ficam sujeitas, também, ao abuso sexual, gravidez precoce e uso de drogas. Muitas adolescentes, por exemplo, já possuem um ou dois filhos e recebem remunerações insuficientes para a sobrevivência da família.

Essa realidade deve mudar até 2014, prazo máximo instituído pela Lei n. 12.305/2010 para substituir os lixões e aterros controlados por aterros sanitários ou industriais, onde ficam proibidos materiais passíveis de reciclagem ou reaproveitamento.

Pelo Estatuto da Criança e do Adolescente, toda criança tem direito a proteção integral, a um nome e registro gratuito. Deve ter atendimento prioritário em postos de saúde e hospitais e receber todas as vacinas no momento certo. Também tem direito a moradia digna, a vaga na escola mais perto de casa, à pré-escola, ao lazer e à informação. Esses direitos têm de ser garantidos a todas as crianças brasileiras.

O Programa Nacional Lixo e Cidadania, lançado em junho de 1999 com a campanha "Criança no lixo, nunca mais", pretende erradicar o trabalho infantil nos lixões em todo o Brasil. Essa campanha é um apelo a toda a sociedade, que precisa se indignar com essa situação. A tarefa de pôr um fim ao trabalho infantil no lixo exige muito empenho e depende da participação de todos.

Criança no lixo nunca mais.

Divulgação

A iniciativa desse programa foi do Unicef, que se envolveu com a questão do lixo a partir de 1994, quando várias crianças que trabalhavam no lixão de Aguazinha, em Olinda (PE), foram hospitalizadas com intoxicação grave por terem ingerido alimento contaminado. O mais chocante foi a suspeita de que carne humana do lixo hospitalar era depositada no lixão a céu aberto.

O grande desafio do Programa é garantir a esses milhares de crianças uma vida saudável e sucesso na escola.

Juca Martins/Pulsar

Catadores em lixão

Mão no lixo

Tiago de Mello (poeta amazonense)

A mão com que cato o lixo
Não é a mão que eu devia ter.
Não tenho para ganhar
Na mesa da minha casa
O pão bom de cada dia.
Como não tenho, aqui estou.
Catando lixo dos outros,
O resto que vira lixo.
Não faz mal se ficou sujo,
Se os urubus beliscaram,
Se ratos roeram pedaços,
Mesmo estragado me serve,
Porque fome não tem luxo.
A mão com que cato o lixo
Não é a mão que eu devia ter.
Mas a mão que a gente tem
É feita pela nação.
Quando como coisa podre
Depois me torço de dor,
Fico pensando: tomara
Que esta dor um dia doa
Nos que tem tanto, mas tanto,
Que transformam pão em lixo.
Com meus dedos no monturo
Sinto-me lixo também.
Não pareço, mas sou criança.
Por isso enquanto procuro
Restos de vida no chão,
Uma fome diferente,
Quem sabe é o pão da esperança
Esquenta meu coração:
Que um dia criança nenhuma
Seja mão serva do lixo.

Luxo

Augusto de Campos

LUXO LUXO LUXO LUXO LUXOLUXOLUXO
LUXO LUXO LUXO LUXO LUXOLUXOLUXO
LUXO LUXO LUXOLUXO LUXOLUXOLUXO
LUXO LUXO LUXOXO LUXO LUXO
LUXO LUXO LUXO LUXO LUXO
LUXO LUXO LUXOXO LUXO LUXO
LUXOLUXO LUXO LUXOLUXO LUXOLUXOLUXO
LUXOLUXO LUXO LUXO LUXO LUXOLUXOLUXO
LUXOLUXO LUXO LUXO LUXO LUXOLUXOLUXO

In: CAMPOS, Augusto de. *Viva vaia*. 4. ed. Cotia: Ateliê Editorial, 2008.

Existe solução para o lixo?

É comum as pessoas pensarem que lixo é um problema único e exclusivo das prefeituras e que, portanto, nada podem fazer. Mas isso não é verdade, pois ele é responsabilidade de cada um de nós. Precisamos estar bem conscientes de que o lixo não é gerado sozinho, mas de que somos nós que o produzimos. Ele é consequência do próprio ato de viver, que exige o consumo de certas coisas e o rejeito de outras. Como lidar com isso, sem continuar aumentando a quantidade de lixo?

Podemos nos reeducar para lidar com o problema. Vamos começar tentando responder às seguintes questões:

- ✔ Somos capazes de produzir menos lixo?
- ✔ Podemos usar mais vezes coisas que destinamos ao lixo?
- ✔ É possível descobrir novos usos para o material que vai para o lixo?

Tendo respondido SIM a essas perguntas, precisamos saber COMO fazer. Podemos agir de acordo com a regra dos 3 Rs: **Reduzir**, **Reutilizar** e **Reciclar**.

Redução do lixo

Para reduzir o nosso próprio lixo, devemos prestar atenção aos hábitos de consumo e ao desperdício.

Você sabia que cerca de 40% de tudo que compramos vai para o lixo? Hoje em dia, grande parte do que consumimos vem embalado em enormes volumes de papelão, plástico, isopor e enfeites. Procurar produtos com embalagens mais simples é uma boa maneira de cada um contribuir para reduzir o lixo.

Vamos aprender, também, a escolher para consumo somente aquilo que for realmente indispensável, seja alimento, vestuário ou algum outro bem, produto ou artigo. Mudar hábitos não é tão difícil; basta querer!

Para começar, que tal reduzir o desperdício de alimento? Além da diminuição do lixo, isso pode resultar em uma alimentação mais nutritiva e, acima de tudo, uma boa economia na cozinha.

Regra dos 4 Rs

Recentemente foi feita a sugestão de ampliação da regra dos 3 Rs para 4 Rs, com a inclusão do item **Repensar**, que sugere a reavaliação contínua de nossas atitudes com relação ao lixo. Repensando, ou seja, pensando outra vez e sempre, poderemos encontrar novas maneiras de enfrentar esses enormes problemas que são a produção e o destino do lixo. Que tal substituir as sacolinhas plásticas por sacolinhas de papel, pano ou material sintético, que podem ser usadas muitas vezes?

Celular que se transforma em flor

Decidir o que fazer com o celular velho não parece ser mais problema. Pesquisadores da Universidade de Warwick, na Inglaterra, inventaram o primeiro celular ecológico e biodegradável, que se transforma em flor quando plantado na terra. Tudo porque foi produzido com polímeros biodegradáveis, que viram pó quando enterrados. Dentro do telefone foi colocada uma semente de flor, que não germina até que o usuário decida "plantar" o telefone.

Adaptado de: Celular ecológico transforma-se em flor. *O Estado de S.Paulo*, São Paulo, 30 nov. 2004. Disponível em: <www.estadao.com.br/arquivo/tecnologia/2004/not20041130p57139.htm>. Acesso em: 1 out. 2012.

Comida é o que não falta

"Há 23 milhões de miseráveis no Brasil — pessoas com renda insuficiente para prover 75% das suas necessidades calóricas. Nesse mesmo país, 39 000 toneladas de comida em condições de ser aproveitada vão para o lixo todo santo dia em mercados, feiras, fábricas, restaurantes, quitandas, açougues, fazendas. O número leva em conta dados de vários setores — agricultura, indústria, varejo e serviços. [...]

E de onde vem tanto desperdício? O processo que começa na lavoura e termina na sua mesa deixa muita coisa no caminho. [...]

[...] É natural que muitos frutos e legumes fiquem irremediavelmente amassados e machucados ao longo de toda essa cadeia. Enchentes e pragas provocam uma perda de algo como 10% do total ainda na fase do cultivo. Outro tanto se perde na colheita, geralmente feita por máquinas que esmagam parte da produção. Muitos vegetais e produtos animais não conseguem resistir à armazenagem, outros perecem no transporte. [...]

[No processo de industrialização,] 15% da quantidade inicial se perde. Entre os produtos não industrializados, a perda é semelhante: mais de 10% dos produtos frescos — vegetais, leite, ovos, carnes —, embora cheguem à feira, acabam estragados no manuseio ou passam do ponto antes que alguém os compre. E, mesmo depois da compra, o problema continua. A cultura do desperdício, tão difundida no Brasil, leva as pessoas a comprar mais do que precisam. Resultado: 30% dos produtos que foram plantados vão para a geladeira de alguém e, de lá, para o lixo. A conta final: de cada 100 produtos que saem da roça, só 39 cumprirão seu destino original, o de alimentar pessoas. Os outros 61 vão virar um problema para as companhias de coleta de lixo."

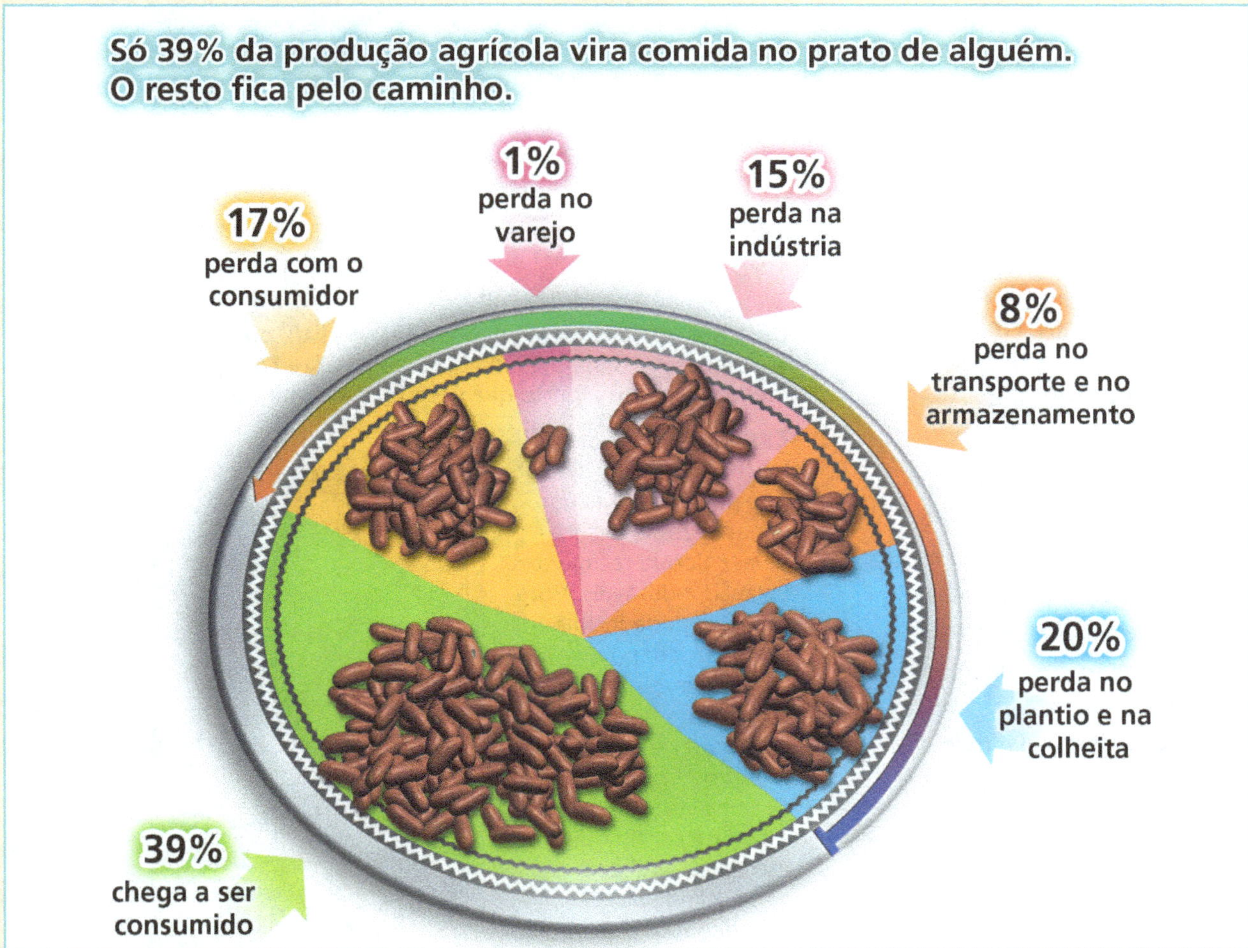

Ilustração digital de Ricardo de Krishna

Fonte: VELLOSO, Rodrigo. Comida é o que não falta. *Superinteressante*, São Paulo, ed. 174, p. 48-51, mar. 2002.

Gerando menos lixo na escola

Ilustração digital de João Anselmo

Há infinitas maneiras de reduzir a produção de lixo na escola. Pensando no futuro e sendo criativo, você pode reduzir o impacto ambiental e economizar dinheiro ao mesmo tempo.

Qual é o problema?

O lixo nos persegue aonde quer que vamos. Produzimos lixo em casa, no trabalho e na escola. Boa parte desse lixo é constituído por embalagens. Comumente, quanto mais embalagem um produto tiver, mais caro ele será. Você pode economizar cerca de 50% do preço comprando produtos com menos embalagens.
A boa notícia é que todo mundo pode fazer alguma coisa para reduzir a quantidade de lixo produzida, basta mudar alguns hábitos...

O que eu posso fazer?

Mude a cara do seu lanche

Opte por um lanche que não termine no lixo, ou seja, compre produtos em embalagens maiores, do tipo "família", e coloque em recipientes menores apenas a parte que você for consumir para levar à escola.

Exemplo: Use uma lancheira ou algo similar que possa ser utilizado várias vezes e, dentro dela, coloque recipientes laváveis e duráveis. Você também pode incluir um guardanapo de pano — mas não se esqueça de levá-lo para casa para ser lavado, de modo que possa ser usado novamente. Outra ideia é pedir à cantina da sua escola que utilize itens como bandejas, guardanapos e talheres laváveis em vez de descartáveis.

Ilustração digital de João Anselmo

Leve com você alguns "reutilizáveis"

Exemplo: canetas com carga que pode ser trocada, lapiseiras, uma mochila e uma lancheira duráveis são bons exemplos de produtos que podem ser usados por muito tempo.

Vantagens: os itens que podem ser usados mais de uma vez reduzem o desperdício. Se você cuidar direito do seu material escolar, ele vai durar bastante tempo e talvez você não precise comprar tudo de novo no ano seguinte!

Leve apenas a quantidade de comida que você vai comer

Mais de 20% da comida que compramos vai parar no lixo. Uma maneira de calcular quanto de comida você desperdiça é controlando quanto você joga fora de seu lanche durante um determinado período. Então, você poderá ter ideias de como reduzir a comida que joga diariamente no lixo.

Exemplo: Se você traz o lanche de casa, pode levá-lo em um recipiente térmico para mantê-lo fresco até a hora do intervalo. Se você compra o lanche na cantina da escola, peça apenas o que tiver certeza de que vai comer; se continuar com fome, volte à cantina!

Use menos papel

Ainda que reciclemos a maioria dos papéis que usamos, o papel ainda é uma parte significativa de tudo o que jogamos no lixo. Pense em todos os papéis que você já jogou fora que tinham apenas um dos lados escrito. Eles poderiam ter sido utilizados uma segunda vez, cortando seus gastos com papel pela metade. Além disso, comprando papel e cadernos reciclados, você colabora para completar o ciclo da reciclagem.

Exemplo: Reserve um espaço em sua sala de aula e em sua casa para colocar o papel que já tem um dos lados usado. Utilize esse papel para fazer blocos, rascunho, anotações ou para imprimir coisas para seu arquivo pessoal. Você consegue gastar menos papel?

Vantagens: Pelo fato de o papel e as embalagens constituírem a maior parte do lixo que você produz, usando menos papel você pode reduzir até 40% desse lixo!

Ilustrações digitais de João Anselmo

Organize um bazar na sua escola

Montar um bazar é uma forma de passar adiante objetos que você não quer mais a alguém que precise deles. Em vez de serem jogados fora, eles continuarão sendo úteis.

Exemplo: Organize com seus professores um bazar que envolva sua classe ou, preferencialmente, toda a escola. Venda itens usados, mas em boas condições, como roupas, móveis e equipamentos esportivos, em um bazar de fim de ano.

Vantagens: Comprar itens usados não é só barato, porque o que é inútil para alguém pode ser um verdadeiro tesouro para você. Não deixe que a moda dite o que você compra: crie um estilo próprio.

Adaptado de: Minnesota Office of Environmental Assistance. *Reduce waste — if you not, who?* Disponível em: <www.reduce.org>. Acesso em: 1 out. 2012. (Tradução nossa.)

Reutilização dos materiais

Outro importante hábito a ser desenvolvido é a reutilização de materiais. Reutilizar significa usar por mais tempo os objetos, aumentando sua vida útil ou atribuindo novos usos àquilo que iríamos descartar. Devemos jogar no lixo somente o que não poderá ser reutilizado de forma alguma. Podemos ainda aproveitar sucatas e doar objetos que consideramos inúteis, mas que podem perfeitamente servir para outras pessoas.

Ciclos de vida

Por que os ciclos de vida dos produtos são importantes?

Alguma vez você já parou para pensar de que são feitos sapatos, livros, jornais, papel, CD/DVD, *videogames*, celulares, televisores etc., de onde vêm as partes que os compõem ou o que acontece a eles quando não os queremos mais? Você já parou para avaliar o impacto que cada um desses produtos causa ao nosso meio ambiente?

Conhecer o ciclo de vida de um produto nos ajuda a entender o que eles têm a ver com os recursos naturais da Terra, o consumo de energia, as mudanças climáticas e o desperdício. Os ciclos de vida dos produtos se concentram nos processos envolvidos em todo o sistema de produção: desde a extração e processamento da matéria-prima até a utilização final do produto pelos consumidores, recicladores e pelas pessoas que o descartam. Aprendendo sobre o ciclo de vida de um produto, é possível ver onde e como cada um pode colaborar para reduzir os impactos ambientais e o uso dos recursos naturais associados a esse produto.

O que é um ciclo de vida?

Assim como as coisas vivas nascem, envelhecem e morrem, os produtos também têm um ciclo de vida. Cada estágio do desenvolvimento de um produto afeta nosso meio ambiente de diferentes maneiras: desde a forma como utilizamos o produto até a quantidade de produto que compramos. Do mesmo modo, o destino que damos a esse produto quando queremos nos livrar dele também tem efeitos ambientais.

Os estágios do ciclo de vida de um produto geralmente são:

Design: engenheiros, *designers*, fabricantes e outras pessoas têm ideias para criar um produto e, então, precisam fabricá-lo. A maioria dos produtos criados são pesquisados e testados antes de serem definitivamente produzidos em larga escala para o mercado. O *design* inicial de um produto afeta cada estágio de seu ciclo de vida e, consequentemente, o impacto que ele provoca no meio ambiente. Por exemplo: produtos criados para serem reutilizados em vez de jogados fora evitam o desperdício e ajudam a conservar os recursos naturais.

Aquisição dos materiais: não importa se produzidos pela mão humana ou pela natureza, todo produto é feito de alguma matéria-prima. Materiais "virgens", como plantas, árvores ou minério de ferro, são diretamente colhidos ou extraídos da Terra, o que provoca alterações climáticas, utilizam grande quantidade de energia e esgotam os recursos naturais. Fazer novos produtos a partir de materiais já utilizados em outros — prática conhecida como reciclagem ou recuperação de materiais — pode reduzir a poluição, o consumo de energia e a quantidade de matéria-prima que precisamos extrair da Terra.

Processamento dos materiais: uma vez extraídos da Terra, os materiais devem ser convertidos a uma forma que possa ser utilizada para fabricar produtos. Por exemplo: as árvores contribuem com sua madeira para a produção de papel. A madeira é transformada em papel através de vários procedimentos de fabricação, e cada procedimento por si só já produz gasto e consome energia.

Fabricação: os produtos são feitos em fábricas que consomem uma grande quantidade de energia. Os processos de fabricação também geram desperdícios e comumente contribuem para a mudança climática do planeta. Garrafas de vidro, por exemplo, podem ser utilizadas muitas vezes. Reciclar apenas uma economiza energia para iluminar uma lâmpada de 100 watts por quatro horas.

Embalagem: muitos produtos são embalados em papel ou plástico, o que também envolve outros processos de fabricação que utilizam energia e se valem de recursos naturais. Ainda que a embalagem tenha importantes funções, tais como manter a inviolabilidade, fornecer informações e preservar a higiene e o frescor do produto, às vezes é exagerada.

Distribuição: produtos industrializados são transportados em caminhões, aviões, trens e navios para diferentes localidades onde serão vendidos. Os materiais e algumas partes utilizadas para a fabricação de produtos também são transportados para diferentes lugares nos primeiros estágios do ciclo de vida. Todas essas formas de transporte consomem energia e geram gases que contribuem para o efeito estufa e, consequentemente, para as alterações climáticas do planeta.

Utilização: a maneira como os produtos são utilizados exerce impacto sobre o meio ambiente. Produtos reutilizáveis, duráveis e recicláveis conservam os recursos naturais, consomem menos energia e geram menos desperdício que produtos descartáveis ou que tenham uma vida útil limitada. Por exemplo: as lâmpadas fluorescentes reduzem o consumo de energia elétrica porque são quatro ou cinco vezes mais eficientes que as incandescentes. A utilização adequada de um produto é outra maneira de aumentar sua vida útil; então, lembre-se de ler e seguir as instruções de uso, limpeza e manutenção dos produtos que você adquirir.

Reutilização/Reciclagem: reciclar os produtos na fabricação de novos economiza energia e reduz a quantidade de matéria-prima que precisa ser utilizada nos processos industriais. Quando os produtos são reutilizados ou reciclados, a vida útil deles não termina; ao contrário, transforma-se em um ciclo contínuo.

Descarte: jogar os produtos no lixo acaba com a vida útil deles. Nós simplesmente perdemos esses valiosos recursos de uma vez.

Adaptado de: U.S. Environmental Protection Agency — EPA.
Disponível em: <www.epa.gov/wastes/education/pdfs/finalposter.pdf>.
Acesso em: 1 out. 2012. (Tradução nossa.)

Só a título de exemplo, vamos contar um pequeno fato. Há mais de trinta anos, uma das autoras deste livro comprou uma toalha de papel, branca com flores azuis, própria para cobrir a mesa para um lanche. Era uma toalha descartável, que deveria ser usada uma única vez e jogada fora. Havia chegado ao Brasil a mania do descartável: toalhas, pratos, copos, talheres etc. Entretanto, ocorreu à dona da toalha a ideia de experimentar lavá-la. A bonita toalha de papel aguentou não só aquela, mas muitas outras lavagens e continua em uso até hoje.

Aqui vai outro exemplo: reaproveitamos papel para elaborar este livro, pois ele foi rascunhado no verso de folhas já usadas.

Embalagens de todos os tipos (papel, papelão, plástico, isopor etc.) podem continuar sendo reutilizadas muitas e muitas vezes. Consertar roupas, brinquedos e outros objetos é também uma maneira de aumentar a vida útil dos artigos em uso. Muitas donas de casa sabem aproveitar restos de linha e de retalhos para fazer colchas, tapetes, toalhas, roupas e outros complementos.

Eduardo Barcellos

A Casa do Leitor foi concebida por Nido Campolongo, que reproduziu os ambientes de uma residência utilizando material reciclável.

Marcelo Min/Folha Imagem

Luminária de plástico em forma de peixe feita com materiais recicláveis.

Há artistas e artesãos que descobriram um modo de exercer sua arte com materiais que nada custam, por se tratar de sucata ou lixo. A criatividade e o engenho dessas pessoas provocam admiração não só pelas peças que criam, como também pelos variados e inesperados tipos de materiais que utilizam. Esse é um belo destino para o lixo!

Reciclagem de produtos manufaturados

Produtos manufaturados são objetos não naturais, ou seja, produzidos pela atividade humana. Inicialmente, o termo "manufatura" se referia a tudo aquilo que era feito à mão, mas acabou se estendendo também aos produtos industrializados.

O controle das sobras produzidas em casa e a reutilização de materiais podem contribuir bastante para diminuir a quantidade de lixo. Entretanto, muito lixo ainda vai restar, já que sua produção é contínua... Então, uma boa solução é reciclar, o que, além disso, traz vantagens econômicas e ambientais.

Como é entendida atualmente, a reciclagem consiste na devolução do material usado para o ciclo da produção, reduzindo, assim, a extração de mais recursos naturais. A indústria reutiliza esse material para produzir novos objetos.

Os custos do reaproveitamento ou reprocessamento de materiais manufaturados geralmente são menores que os dos processos que partem da matéria-prima natural. Vejamos um exemplo.

A reciclagem de latinhas de alumínio permite uma enorme economia, pois a indústria gasta apenas 5% da energia necessária para igual produção a partir da bauxita, minério do qual o alumínio é extraído.

Para entender melhor o que significa essa economia, saiba que cada latinha reciclada economiza energia suficiente para manter uma televisão ligada por três horas! Portanto, a reciclagem das latinhas de alumínio representa custos menores e lucros maiores para as indústrias.

Ilustrações digitais de João Anselmo

Ciclo de vida da latinha de metal

Outras vantagens da reciclagem das latinhas de alumínio são ambientais. Uma delas é a utilização de quantidade menor de bauxita, que é um recurso natural que não se renova. Assim, as reservas desse minério podem durar mais tempo. Outra vantagem é a redução da poluição da água e do ar quando comparada àquela provocada pelo processo industrial tradicional. Deve ser lembrada, ainda, a diminuição do volume de lixo, principalmente tratando-se do alumínio, que não se decompõe em condições naturais.

Infelizmente a participação da população na reciclagem do lixo ainda é muito pequena. Embora 94,4% das latinhas de alumínio e 46% do papel já sejam reciclados, ainda são poucos os domicílios que fazem a separação do material reciclável, já que 95% dos municípios brasileiros não fazem a coleta seletiva. Mas, se comunidades de bairro, escolas e condomínios se unirem, os resultados começarão a aparecer. A separação na fonte e a coleta seletiva são etapas fundamentais da reciclagem. Separando o lixo que produzimos, possibilitamos a reciclagem, contribuímos para reduzir a extração de matéria-prima natural e ajudamos a economizar energia.

A história do alumínio

Apesar de ser o terceiro elemento mais abundante na crosta terrestre, o alumínio é o metal mais jovem utilizado em escala industrial. Mesmo já tendo sido utilizado milênios antes de Cristo, esse metal começou a ser produzido comercialmente há cerca de 150 anos. Sua produção atual supera a soma de todos os outros metais não ferrosos. Esses dados já mostram a importância do alumínio para a nossa sociedade.

Hoje, Estados Unidos e Canadá são os maiores produtores mundiais de alumínio. Entretanto, nenhum deles possui jazidas de bauxita em seu território, dependendo exclusivamente da importação. O Brasil tem a terceira maior reserva do minério no mundo, localizada na região amazônica, perdendo apenas para a Austrália e a Guiné.

Há sete milênios, ceramistas da Pérsia já produziam seus vasos com um tipo de barro que continha óxido de alumínio, que hoje conhecemos como alumina. Trinta séculos mais tarde, egípcios e babilônios usaram uma outra substância contendo alumínio na fabricação de cosméticos e produtos medicinais. Até então, nada se sabia sobre o metal na forma como o conhecemos hoje. Apesar de ser o terceiro metal mais abundante do planeta, o metal puro não é encontrado naturalmente.

Adaptado de: Associação Brasileira do Alumínio – Abal. *O alumínio:* história. Disponível em: <www.abal.org.br/aluminio/historia.asp>. Acesso em: 1 out. 2012.

Um exemplo maravilhoso

Jótah é um ex-catador de papel que se tornou ilustrador de livros.

Filho de pais humildes, ele lixeiro e ela faxineira, Jótah e o irmão, ainda meninos, buscavam sucata de casa em casa para vender. Assim, aos 10 anos, ele conheceu gibis e livros que recolhia nas casas e começou a desenhar. Na escola, o incentivo de uma professora foi decisivo para o jovem enveredar pelas histórias em quadrinhos.

Hoje, profissional bem-sucedido, com várias obras publicadas, além de ilustração de mais de duzentos livros, Jótah dá palestras por todo o Brasil. Além disso, recebe em seu estúdio jovens sem recursos, aos quais ensina gratuitamente a sua profissão.

Fonte: DUNDER, Karla. Ilustrador ensina sua arte para jovens da periferia. *O Estado de S.Paulo*, São Paulo, p. D5, 4 maio 2004.

Como organizar a coleta seletiva

Você pode organizar uma campanha de coleta seletiva em sua escola, condomínio ou bairro, seguindo os passos abaixo:

1º — analise a quantidade de lixo produzida diariamente e a sua composição;

2º — arranje latões de cores diferentes para separar os diversos componentes do lixo reciclável ou para coletar o lixo seco e limpo separado do lixo úmido (lixo orgânico e embalagens sujas ou úmidas); pilhas e baterias possuem substâncias tóxicas e devem ser encaminhadas para postos especiais de recolhimento;

3º — procure e organize um local adequado para acondicionar o lixo. Uma prensa para latas de alumínio ajuda a diminuir o volume;

4º — entre em contato com ONGs, sucateiros, centros de reciclagem, cooperativas ou catadores de papel e combine datas e horários de coleta;

5º — converse com as pessoas responsáveis pela limpeza e envolva-as na campanha;

6º — faça cartazes e divulgue a campanha para toda a comunidade.

Observação: é muito importante avaliar sempre a coleta e reorganizar o que for necessário.

Padrão de cores adotado pelo Conama (Conselho Nacional do Meio Ambiente) para a coleta seletiva

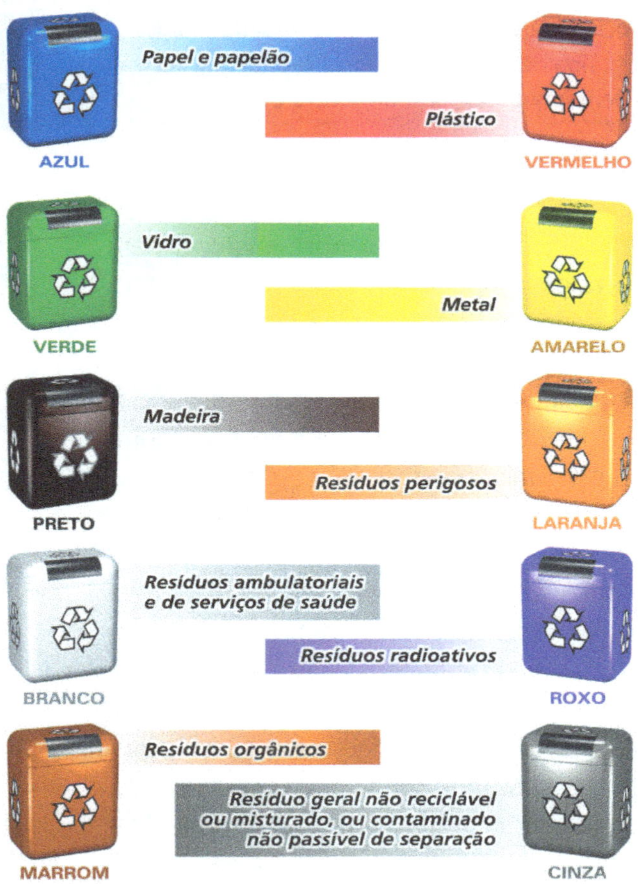

Ilustração digital de Ricardo de Krishna

Postos de coleta de pilhas e baterias em todo o Brasil — Ministério do Meio Ambiente
www.gmcons.com.br/gmclog/admin/VisualizarPostosMapaCliente.aspx

Consulte os *sites*:
Cempre — Compromisso Empresarial para Reciclagem: www.cempre.org.br
Recicláveis: www.reciclaveis.com.br
GP11: www.gp11.com.br/sites/lixo

O lixo urbano

Nos últimos anos, exemplos de bom gerenciamento do lixo vêm aumentando no nosso país. É o que se observa em várias cidades do estado de São Paulo e em capitais como Curitiba e Porto Alegre.

Em Curitiba, desde 1991, funciona o programa Câmbio Verde, pelo qual material reciclável é trocado por produtos hortifrutigranjeiros. Além disso, a coleta de lixo tóxico é feita semanalmente, incluindo baterias, pilhas, medicamentos e embalagens de inseticidas.

Desde 1992 a prefeitura de Porto Alegre coleta diariamente cerca de 7,5 toneladas de sobras alimentares provenientes de refeitórios de hospitais e empresas, e reaproveita o material orgânico na produção de ração para cerca de 1 200 suínos, beneficiando os criadores da zona rural da cidade. O programa de coleta seletiva da capital gaúcha é considerado um dos mais eficientes do País.

Adaptado de: CYMBALISTA, Tatiana. *Relatório da Gazeta Mercantil.* O futuro das cidades. 7 ago. 2003.

Há objetos que, quando levados para lixões, ocasionam grandes problemas ambientais. Pilhas, baterias, termômetros, lâmpadas fluorescentes, tubos de TV, PCs, celulares e aparelhos eletrônicos (e-lixo) contêm diversas substâncias tóxicas, como o mercúrio, o cádmio e o chumbo. Quando tais objetos são depositados de maneira imprópria, liberam essas substâncias, que podem se infiltrar no solo, indo contaminar os depósitos subterrâneos de água, ou ser arrastados pelas enxurradas até os rios e oceanos. Então, contaminam também peixes e crustáceos. Consequentemente, quando o ser humano se alimenta desses animais, ingere tais substâncias, que acabam causando sérias questões de saúde, como alterações no sistema nervoso central, câncer, anemia, paralisias parciais e até a morte.

Resolução Conama n. 257, de 30 de junho de 1999
www.mma.gov.br/port/conama/legiabre.cfm?codlegi=257

Reciclagem de embalagens longa vida
www.ecycle.com.br/component/content/article/58-tetrapak/218-caixa-de-leite-e-reciclavel.html

Para minimizar esses problemas, o Conama, na Resolução n. 257, de 30 de junho de 1999, disciplina o descarte e o gerenciamento ambiental adequado de pilhas e baterias usadas, determinando que é de responsabilidade dos fabricantes e importadores os procedimentos de coleta, armazenamento, transporte, reutilização, reciclagem, tratamento ou disposição final ambientalmente adequada desses resíduos.

Thinkstock/Getty Images

Pilhas e baterias descartadas de maneira imprópria liberam substâncias prejudiciais ao meio ambiente. Por isso devem ser entregues em lojas ou oficinas autorizadas.

Segundo a Organização das Nações Unidas – ONU, o Brasil é o país emergente que gera o maior volume de lixo eletrônico *per capita* por ano. Infelizmente, nosso país também é líder, dentre as nações emergentes, no descarte de geladeiras (0,4 quilo por pessoa/ano), celulares (2,2 mil toneladas/ano) e aparelhos de TV (0,7 quilo por pessoa/ano). Temos de mudar essa realidade!

O que pode ser reciclado?

Teoricamente, tudo pode ser reciclado, desde que haja interesse e tecnologia adequada. Um exemplo é o que está ocorrendo com as embalagens de leite longa vida. Elas têm sido destinadas principalmente aos depósitos de lixo, pois as fábricas que reciclam papelão não as aceitam devido ao revestimento de alumínio. Além do volume de lixo, que só tende a aumentar, a questão é séria, pois a decomposição do alumínio é praticamente nula. Entretanto, já estão surgindo algumas iniciativas para a reciclagem. Uma delas, embora pouco utilizada devido ao alto custo, propõe a separação da lâmina de alumínio do papelão; então, os dois materiais poderão ser destinados às respectivas indústrias de reciclagem. Outra ideia interessante é a utilização das embalagens como forros térmicos, em tetos de casas e galpões.

Vejamos alguns dos materiais mais reciclados atualmente.

Papel

Para poder registrar por escrito sua história, o ser humano fez muitas tentativas em diferentes tipos de material — superfícies polidas de pedras, pergaminhos feitos de pele de animal, placas de argila e de metal — antes de chegar a essa maravilha chamada papel.

Reciclagem de lâmpadas de mercúrio e sódio

As lâmpadas fazem parte da nossa vida; praticamente em todo lugar existe uma, ligada ou não. Porém, além de iluminar o lugar em que estamos, podem representar grande perigo ao meio ambiente. Muitas lâmpadas possuem em sua composição materiais nocivos ao ecossistema e aos seres vivos; portanto, requerem cuidados especiais em seu descarte.

Alguns dos materiais tóxicos componentes das lâmpadas, como o mercúrio, que são de alta periculosidade, necessitam de um serviço especializado no seu destino final. O mercúrio presente nessas lâmpadas é um dos componentes que mais inspiram cuidados. Cientes disso, órgãos ambientais sabem a quem conferir poder e autorização para manipulação de produtos como esse.

No Brasil, são substituídas milhões de lâmpadas fluorescentes por mês, que, em sua maioria, são direcionadas erroneamente a locais impróprios. A quantidade desses materiais "jogados" de maneira inadequada é surpreendentemente grande.

Adaptado de: Mega Reciclagem — descontaminação de lâmpadas. Disponível em: <www.megareciclagem.com.br>. Acesso em: 1 out. 2012.

O papiro

O papiro é um tipo especial de papel usado pelos egípcios desde alguns milênios a.C. O nome deriva de uma planta semiaquática, o papiro, cultivada na região do delta do Nilo, cujos caules forneciam as fibras para a preparação do papel. A técnica consistia na disposição das fibras mais flexíveis em duas camadas, sobrepostas em cruz, para formar uma trama. Então, elas eram umedecidas e prensadas, e uma espécie de cola, do próprio papiro, grudava as fibras. Após uma secagem, eram obtidas as folhas de papel.

São conhecidos documentos de papiro do Antigo Egito datados de cerca de 3000 a.C. Além dos egípcios, povos árabes, gregos e romanos usaram o papiro em documentos e livros. Atualmente, a produção de papiro é pequena e destina-se, principalmente, à comercialização de reproduções de pinturas e de inscrições encontradas em túmulos egípcios.

Para saber mais sobre o assunto, leia:
O papiro. Disponível em: http://sdi.letras.up.pt/uploads/pdfs/Papiro.pdf. Acesso em: 1 out. 2012.

A técnica para obtenção do papel foi inventada na China, por volta do ano 100 a.C. No final do século VIII, ela já era conhecida em Bagdá, no Oriente Médio, mas só chegou à Europa no século XIX. Inicialmente eram utilizadas fibras de algodão e de linho, obtidas de trapos. No começo do século XIX, foi desenvolvida a técnica usada hoje para extração das fibras de celulose da madeira. Para a utilização da madeira, um grande problema teve de ser resolvido: a madeira cozida em

Stefan Kolumban/Pulsar

Plantação de eucalipto

água resultava em uma pasta muito escura, o que dificultava o seu emprego. Entretanto, após a descoberta do cloro, o branqueamento do papel tornou-se possível. Então, passou a ser produzido papel branco com qualquer madeira. Atualmente o pinheiro e o eucalipto fornecem os dois principais tipos de madeira usados na produção de papel. As fibras do eucalipto são curtas e servem para fazer papel de superfície lisa, mais empregado para escrever e fazer fotocópias. Já as fibras do pinheiro são mais longas e resistentes, ideais para o papelão das embalagens e caixas.

A atividade de reciclagem no Brasil se confunde com a própria origem da fabricação de papel no país, iniciada em 1809, no Rio de Janeiro: à medida que se ampliava a fabricação de papel no país a partir de matérias-primas virgens, estimulando um consumo maior, ampliava-se a atividade de reciclagem, consequência da maior disponibilidade de papéis recicláveis.

Assim, a atividade de reciclagem de papel é, em realidade, complementar à produção de matérias-primas fibrosas virgens, a porta de entrada de todo o processo. No Brasil, a principal matéria-prima fibrosa é originária de florestas plantadas para esse fim, como as de eucalipto e de pinus. No entanto, a regulamentação e o estímulo à reciclagem do papel não devem ser entendidos como uma forma de reduzir a produção da matéria-prima fibrosa virgem.

Mas a preocupação com as questões ambientais tem levado as indústrias do setor a incrementarem e aperfeiçoarem suas operações de recuperação de papel.

De acordo com a Associação Brasileira de Celulose e Papel — Bracelpa, em 2009, 46% de todos os papéis que circularam pelo Brasil (parte deles só de caixas de papelão ondulado) foram encaminhados à reciclagem pós-consumo. Considerando que grande parte das aparas de papel reciclável é utilizada para fabricação de outros produtos, como telhas, sem ser computada nas estatísticas, e que há papéis sujos, como os higiênicos, não passíveis de reciclagem, a taxa de recuperação aumentaria muito.

Reciclagem de papel — Cempre
http://cempre.org.br/artigo-publicacao/ficha-tecnica/id/2/papel-de-escritorio

Indústria Brasileira de Árvores — Ibá
http://iba.org/pt/

Reciclagem de papelão ondulado — Cempre
http://cempre.org.br/artigo-publicacao/ficha-tecnica/id/3/papel-ondulado

ABPO — Associação Brasileira do Papelão Ondulado
www.abpo.org.br

Cartas, blocos e cadernos se multiplicam

"Na era dos computadores, da Internet e do correio eletrônico, previa-se que o papel não teria vez. A previsão fazia sentido. Afinal, quem iria precisar do material impresso se poderia ler tudo na tela eletrônica do computador quando quisesse?

Na prática, aconteceu justamente o contrário. E-mails, páginas da web, relatórios impressos multiplicados pelo número de pessoas que têm acesso ao computador, são responsáveis por um gasto de 300 milhões de toneladas de papel por ano. [...]

À medida que a indústria brasileira de celulose e papel foi crescendo, o consumo desse material aumentou e também a quantidade do produto reciclado disponível. [...]

Foram catalogadas 184 empresas fabricantes de papel no país. Dessas, 124 se enquadram na categoria de fabricantes recicladores, ou seja, empresas em que o consumo de papel reciclável representa mais de 50% do total de matéria-prima, respondendo por 33,4% da produção brasileira. Outras empresas, ainda que não estejam na categoria de fabricantes recicladores, consomem papéis recicláveis para complementar suas necessidades de matérias-primas."

Fonte: SCHARF, Regina; VASCONCELOS, Fernanda. Dossiê Reciclagem: Tesouros do lixo. *Horizonte Geográfico*, São Paulo, n. 89, p. 36, out. 2003.

Divulgação/ABPO

Vidro

Há milhares de anos, os fenícios descobriram o vidro, ao juntarem areia quente com cinzas. Atualmente, ele é produzido basicamente com a sílica retirada da areia, misturada com carbonato de sódio e carbonato de cálcio.

O vidro corresponde a 3% do lixo residencial do país. As garrafas, frascos e potes, quando jogados na natureza, não se decompõem e permanecem no meio ambiente por tempo indeterminado, contribuindo para o esgotamento dos aterros sanitários e a poluição das áreas naturais. No entanto, podem ser totalmente reciclados.

Apesar de a matéria-prima para a produção do vidro ser barata, sua obtenção traz danos ao meio ambiente. Além disso, muita energia é gasta na extração da areia, muito combustível, em seu transporte, e ainda mais energia para aquecer os fornos às altas temperaturas necessárias para a produção do vidro. Reciclar uma tonelada de vidro gasta 70% menos energia do que produzi-lo a partir da areia.

Na central de triagem, o vidro a ser reciclado é triturado em pequenos cacos e, então, enviado às vidrarias. Lá, os cacos, que representam de 35 a 50% do total, serão lavados, misturados com areia, calcário, sódio e outros minerais. Em seguida, essa mistura vai para os fornos para ser fundida a 1300 °C. Essa massa fundida é, então, despejada nas formas e transformada em novos produtos.

Reciclagem de vidro — Cempre
http://cempre.org.br/artigo-publicacao/ficha-tecnica/id/6/vidro

Associação Técnica Brasileira das Indústrias Automáticas de Vidro — Abividro
www.abividro.org.br
www.abividro.org.br/reciclagem-abividro

Ilustrações digitais de Ricardo de Krishna

Embalagens de vidro podem voltar a ser reutilizadas muitas vezes. Hoje em dia, infelizmente, poucas são as retornáveis. As garrafas que retornam passam por um processo de lavagem e esterilização e voltam a receber novo conteúdo. Essa é, sem dúvida, uma maneira econômica e racional de diminuir a quantidade de vidro no lixo.

Metais

Os metais são extraídos da natureza na forma de minérios. Há milhares de anos, o homem descobriu que, ao aquecer um minério, o metal contido nele se liquefazia, separando-se do resto e podendo ser usado para a fabricação de diversos objetos. Os metais podem ser transformados em fios, barras e chapas.

Reciclagem de alumínio: Brasil × Mundo

Ilustrações digitais de Ricardo de Krishna

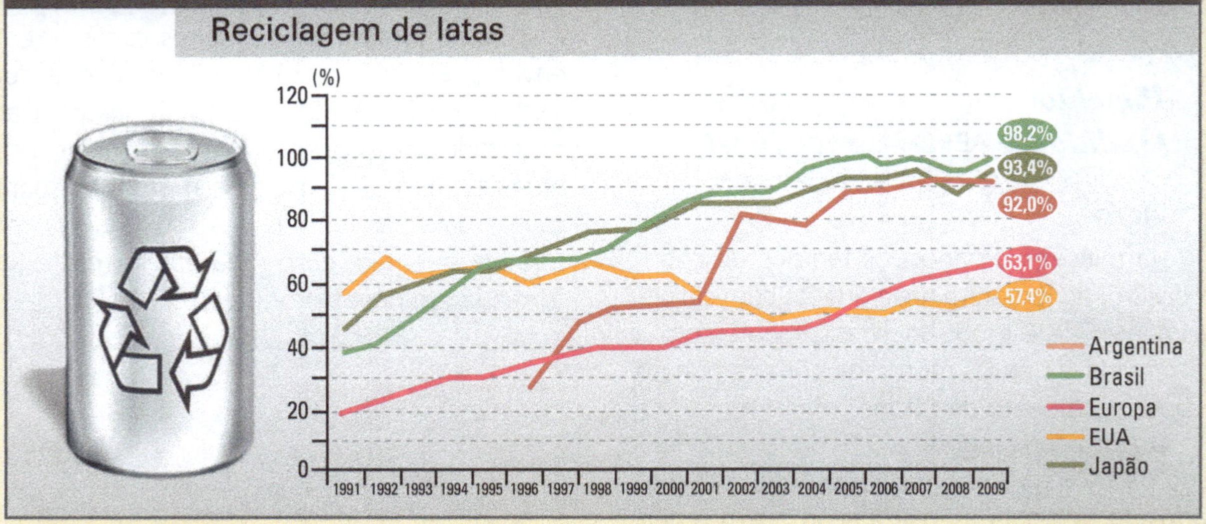

Fonte: Abal – Associação Brasileira de Alumínio. In: CASTAGNARI, Eduardo (Coord.). *Panorama dos resíduos sólidos no Brasil* — 2010. São Paulo: Abrelpe, 2010. p. 37.

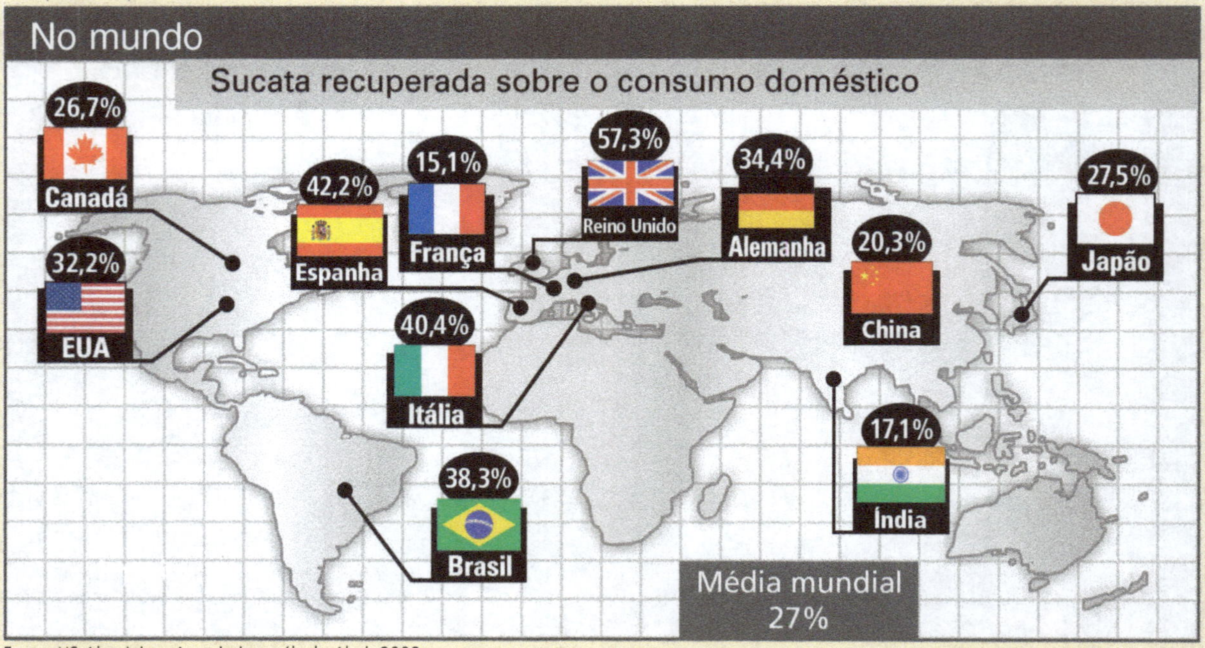

Fonte: US Aluminium Association, cálculo Abal, 2009.

O alumínio, como vimos, é um metal bastante utilizado em utensílios de cozinha e nas embalagens de alimentos, principalmente latas de bebidas. Extraído da bauxita, é leve, resistente e não enferruja em contato com o ar. Para a produção de uma tonelada de alumínio são necessárias cinco de bauxita. Pelas estimativas, as reservas de bauxita do mundo inteiro estarão esgotadas em, no máximo, 100 anos. Por outro lado, cada tonelada de alumínio reciclado produz outra tonelada, ou seja, o alumínio pode ser reciclado indefinidamente, sem perda de qualidade. Além disso, fazendo a reciclagem das latinhas de alumínio, o processo economiza 95% da energia elétrica gasta para a produção da mesma quantidade de alumínio primário.

Em 2010, o Brasil foi mais uma vez o líder mundial na reciclagem de latinhas de alumínio, processando 98,2% do total de latas de bebidas produzidas no país.

Photodisc

Fardos de latas de alumínio

As latas de alimentos em conserva são feitas de aço, metal resultante do aquecimento do ferro com carvão. Para que não enferrujem em contato com o ar e estraguem o alimento, são revestidas com uma fina camada de estanho ou cromo.

Quando jogadas nos aterros sanitários, as latas de aço demoram em média três anos para se desintegrar. Além de ocupar lugar nos aterros, oferecem sérios riscos de acidentes para animais e pessoas que tenham contato com o lixo.

A indústria automobilística também tem tomado algumas iniciativas de reciclagem de peças de carro, tanto as metálicas quanto as de outros materiais.

Você sabia que até 96% de um veículo é potencialmente reciclável? Vários modelos de carro têm baterias, para-choques, tubulação de ar, tapetes, faróis e grades de proteção feitas a partir da reciclagem de outras peças de veículos usados.

Plástico

A maioria dos plásticos é produzida a partir do petróleo, um recurso não renovável. Dele derivam resinas plásticas, de composição química variável, que dão origem a diferentes tipos de plástico. Os plásticos usados na fabricação de embalagens são chamados de termoplásticos, pois, quando aquecidos, amolecem e podem ser transformados em novas embalagens.

Associação Brasileira do Alumínio — ABAL
www.abal.org.br

Reciclagem de latas de aço — Cempre
http://cempre.org.br/artigo-publicacao/ficha-tecnica/id/5/latas-de-aluminio

Plastivida — Instituto Socioambiental dos Plásticos
www.plastivida.org.br

Como é feito o plástico biodegradável?

O plástico comum é feito a partir de derivados do petróleo. Como é um material sintético, não é digerido pelos micro-organismos, levando de 40 a 200 anos para ser decomposto. Já o plástico biodegradável é produzido naturalmente por algumas bactérias. Assim como nós, humanos, produzimos gordura para estocar as reservas de energia dentro do corpo, algumas bactérias, como a *Burkholderia sacchari*, produzem um composto, chamado PHB, com propriedades parecidas com as do plástico comum. Uma pesquisa pioneira do Instituto de Pesquisas Tecnológicas — IPT, de São Paulo, descobriu uma forma simples de produzir PHB: inicialmente forneciam uma alimentação bem balanceada às bactérias, para que elas se reproduzissem. Depois, retiravam alguns nutrientes e davam exclusivamente cana-de-açúcar. Com isso, elas paravam de se reproduzir e só engordavam, produzindo o plástico, que se decompõe 20 vezes mais rápido que o sintético.

Outro tipo de plástico biodegradável foi desenvolvido pelo Centro de Pesquisa em Tecnologia de Extrusão da Unicamp. O novo material, batizado de amidoplast, é feito à base de amido de milho, gelatina e 50% de água; é comestível e poderá ser usado como ração.

Adaptado de: COMO é feito o plástico biodegradável? *Mundo Estranho*, São Paulo, março de 2012. Disponível em: <http://mundoestranho.abril.com.br/materia/como-e-feito-o-plastico-biodegradavel>. AMIDOPLAS. Portal da Rede de Tecnologia & Inovação do Rio de Janeiro. Disponível em: <www.redetec.org.br/inventabrasil/amidopla.htm>. Acessos em: 9 out. 2012.

Os restos plásticos não se decompõem quando enterrados e, embora já existam plásticos biodegradáveis, ainda são muito pouco utilizados.

Há uma infinidade de tipos de plásticos que requerem diferentes técnicas de reciclagem. Enviados para as fábricas, são processados e usados na fabricação de novos produtos, como sacos de lixo, bacias, vassouras, fivelas e tiaras.

O plástico também é largamente utilizado na fabricação de garrafas pet, que substituíram as garrafas retornáveis, o que representou um aumento gigantesco de plásticos no lixo. Essas embalagens de pet, no entanto, podem ser transformadas em fibras para a produção de cordas (multifilamentos), fios de costura (monofilamentos), cerdas de vassouras e escovas, além de tecidos. Muitas empresas de confecção utilizam tais tecidos para produzir, por exemplo, camisetas e calças *jeans*.

Cada tonelada de plástico reciclada economiza cerca de 130 quilos de petróleo.

pet: polietileno tereftalato, tipo de plástico usado nas garrafas de refrigerantes, óleo comestível, água mineral e remédios.

Engenharia Química estuda plástico biodegradável — Universidade Federal de Santa Catarina
http://noticias.ufsc.br/2003/12/engenharia-quimica-estuda-plastico-biodegradavel/

Associação Brasileira da Indústria do Pet — Abipet
www.abipet.org.br

Reciclagem de garrafas pet — Cempre
http://cempre.org.br/artigo-publicacao/ficha-tecnica/id/8/pet

Tetra Pak
www.tetrapak.com/br/sustainability/recycling

Reciclagem de embalagens cartonadas — Cempre
http://cempre.org.br/artigo-publicacao/ficha-tecnica/id/9/embalagens-longa-vida

Embalagens cartonadas

As embalagens cartonadas são feitas de papel, plástico e alumínio e são 100% recicláveis. Atualmente, podem ser recicladas de várias maneiras. As fibras das embalagens conhecidas como "longa vida" têm um alto valor para a indústria de papel e papelão, que as utilizam como matéria-prima para produção de caixas de papelão, papel Kraft e palmilhas para sapatos, entre outros. Os demais componentes da embalagem — alumínio e plástico — são utilizados em fábricas recicladoras de plásticos para a fabricação de vassouras, escovas, canetas, telhas e placas, que substituem a madeira na estrutura interna de cadeiras para escritórios etc. Uma outra aplicação, conhecida como "tecnologia de plasma", possibilita a separação do plástico/alumínio das embalagens, que voltam à cadeia produtiva como matérias-primas.

Pet no Brasil

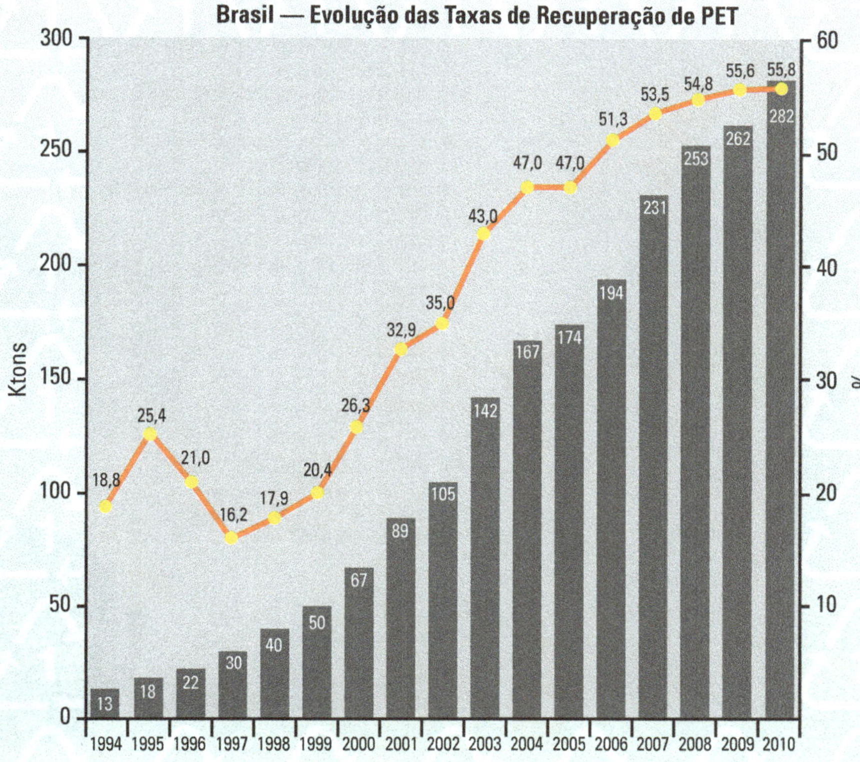

Ilustrações digitais de Ricardo de Krishna

Fonte: Associação Brasileira da Indústria do Pet — Abipet. 7º Censo da Reciclagem de Pet no Brasil. Agosto, 2011.

A roupa feita de garrafa

Ilustrações digitais de Ricardo de Krishna

A reciclagem de garrafas pet dá origem a uma fibra utilizada na confecção de roupas.

Ilustrações digitais de Ricardo de Krishna

O ciclo de vida de um CD ou DVD

Você já parou para pensar em como são feitos os *compact-discs* (CDs de áudio, de dados etc.) e os *digital video discs* (DVDs), que materiais os constituem ou o que acontece a esses discos quando você não os quer mais? A fabricação desses produtos consome recursos naturais, produz desperdício e utiliza energia. Veja o ciclo de vida de um CD ou DVD para saber como eles são fabricados e como você pode contribuir para reduzir os impactos ambientais que a produção deles causa.

1 Aquisição dos materiais

CDs e DVDs são feitos de diversos materiais, cada um com seu próprio ciclo de vida envolvendo a utilização de energia e desperdícios. Alguns desses materiais são:

- alumínio: o metal mais abundante na face da Terra. A bauxita é a principal fonte de alumínio.
- policarbonato: um tipo de plástico feito de óleo natural (ou seja, não refinado) e de gás natural.
- verniz: feito de acrílico, é outro tipo de plástico.
- ouro: metal retirado da terra.
- corantes e tintas: produtos químicos feitos em laboratório parcialmente derivados do petróleo, que, por sua vez, vem da terra.
- outros materiais, como água, vidro, prata e níquel.

7 Reutilização, Reciclagem e Descarte

Dependendo da condição em que estiverem, os discos podem ser reutilizados ou reciclados em vez de serem simplesmente jogados fora.

Fatos curiosos

O *CD player* sur[...] em meados de[...] 1980.

6 Vida útil

Apesar de frágeis, os CDs e DVDs são criados com materiais extremamente resistentes. Se armazenados e manuseados adequadamente, a maioria dos discos dura décadas — e provavelmente séculos. Entretanto, a tecnologia utilizada para ler esses discos poderá tornar-se obsoleta em poucos anos, como ocorreu com os disquetes de 5 1/4 polegadas.

Descarte

Descarte seus discos apenas quando não houver outro jeito. Sempre tente doá-los, trocá-los com alguém ou destiná-los à reciclagem. CDs e DVDs que são descartados desperdiçam energia e resultam em perda de recursos naturais valiosos.

Fatos curiosos

O CD-R (*recordable CD*) começa a surgir em 1986, possibilitando a gravação de dados em mídias que armazenam até 650 MB.

5 Transporte e Distribuição

Uma vez embalados, os CDs estão prontos para serem mandados aos distribuidores, lojas varejistas etc. O transporte feito por avião, caminhão ou trem requer o uso de combustíveis fósseis para gerar energia, o que contribui para alterações ambientais, principalmente devido à emissão de poluentes.

Reutilização

Uma boa maneira de manter os discos fora do lixo é reutilizando-os.

- riscos mínimos podem ser reparados esfregando-se, por exemplo, pasta de dentes no lado do CD que não estiver impresso. Esfregue em movimentos circulares, do centro em direção à borda.
- CDs ou DVDs que você não queira mais podem ser vendidos a lojas de discos usados, trocados com amigos ou doados a escolas e bibliotecas. Comprar CDs ou DVDs usados, alugá-los ou pegá-los emprestado de videotecas ou de amigos também ajuda a reduzir o impacto ambiental causado pela fabricação de novos produtos.

Reciclagem

CDs podem ser reciclados para serem utilizados em novos produtos. Empresas eletrônicas especializadas em reciclagem limpam, trituram, misturam e constituem novos discos com um plástico de alta qualidade destinado a uma infinidade de usos, incluindo:

- partes para a indústria automotiva
- matéria-prima para fazer plásticos
- porta-joias e estojos de CD

A reciclagem dos componentes da embalagem começa nas fábricas de papel, em um equipamento chamado hidrapulper, semelhante a um liquidificador gigante. Durante a agitação do material com água, as fibras são hidratadas, isto é, absorvem água, separando-se das camadas de plástico/alumínio. Em seguida, são lavadas e purificadas, e então podem ser usadas para a produção de diversos tipos de papel e papelão, embalagens de polpa moldada e caixas de papelão.

Tetrapak

Tetrapak

Hidrapulper, equipamento onde as embalagens longa vida são misturadas com água. No detalhe, cadeira cujo encosto foi feito com placas de plástico e alumínio provenientes da reciclagem de longa vida.

2 Processamento dos materiais

A maioria dos materiais extraídos da terra devem ser processados antes de serem utilizados pelas indústrias na fabricação de CDs ou DVDs. Por exemplo:

- a bauxita é processada em uma substância chamada "alumina", sendo lavada, triturada e filtrada. A alumina é, então, transformada em alumínio por meio de um processo denominado fundição.
- para dar origem ao plástico, o óleo não refinado é combinado ao gás natural e a outras substâncias químicas em uma fábrica.

3 Fabricação

O processo de fabricação descrito aqui é basicamente o mesmo tanto para CDs quanto para DVDs.

a) **base plástica de policarbonato:** o policarbonato é derretido e colocado em um molde.

↓

b) **camada de gravação:** em seguida, é prensado e marcado com minúsculos sulcos contendo informação digital, que será lida pelo CD **player**.

↓

c) **camada reflexiva:** o plástico moldado vai para uma máquina "metalizadora", que reveste o CD com uma fina camada refletora produzida com liga metálica de ouro, prata ou alumínio.

↓

d) **camada de laqueamento e superfície de proteção:** o CD, então, recebe uma camada de verniz como um revestimento protetor contra riscos e corrosão.

curiosos

Em 1997, aparece o CD-RW (***rewritable CD***), que permite a regravação.

4 Embalagens

CDs e DVDs são embalados em estojos de plástico coloridos ou incolores ou em caixas de papelão, que depois serão revestidos com um plástico próprio para embalagem. Essa embalagem pode ser feita de materiais reciclados ou não. Por exemplo: o plástico usado pode ser proveniente tanto de garrafas de plástico recicladas quanto de óleo não refinado e de gás natural combinados com substâncias químicas.

Adaptado de: U.S. Environmental Protection Agency — EPA. Disponível em: <www.epa.gov/wastes/education/pdfs/finalposter.pdf>. Acesso em: 1 out. 2012. (Tradução nossa.)

O material restante, composto de plástico e alumínio, segue para outras indústrias recicladoras e pode ser encaminhado para os seguintes processos:

1 — fabricação de *pellets* reciclados.
O plástico da embalagem cartonada pode ser reaproveitado várias vezes. O alumínio presente no composto não atrapalha o processo final de fabricação de peças feitas por termoinjeção, como vassouras, vasos, coletores, entre outras.

2 — prensagem do plástico/alumínio.
O composto de plástico/alumínio é picado e prensado a quente, formando placas e telhas. Esses materiais ficam semelhantes à madeira compensada e podem ser utilizados na construção civil e na produção de móveis.

3 — tecnologia de plasma.
Utiliza energia elétrica de um modo extremamente eficiente para produzir um jato de plasma e aquecer a 15 000 °C o composto. O plástico é, então, quebrado em moléculas e transformado em parafina, e o alumínio é totalmente recuperado em forma de lingotes de alta pureza e pode voltar a ser a folha de uma nova embalagem longa vida.

(Informações gentilmente cedidas pela Tetrapak.)

pellet: qualquer material finamente moído e prensado em forma de pequenas bolas.

termoinjeção: injeção do material quente em um molde ou forma.

Matéria orgânica

Todos os restos orgânicos podem ser usados para produção de gás e compostagem. Primeiro, são separados do lixo os materiais que podem ser comercializados, como papéis, metais, vidros e plásticos. Os considerados indesejáveis ao processo são encaminhados aos aterros sanitários juntamente com o rejeito final. Então, os restos orgânicos podem ir para os biodigestores ou para usinas de compostagem. O gás obtido é um ótimo combustível que pode ser utilizado de várias maneiras, e o composto orgânico é um excelente adubo para as plantas.

Ideias para reduzir a produção de lixo

Todos nós podemos contribuir, e muito, para minimizar o problema do lixo. Quer saber como? Aqui vão algumas sugestões:

- Só jogue fora o que realmente não puder mais ser usado por ninguém.
- Faça circular materiais que possam servir para outras pessoas (roupas, móveis, aparelhos domésticos, livros, brinquedos etc.).
- Reutilize embalagens para outras funções, como potes para condimentos, porta-trecos e tudo que a criatividade sugerir.
- Apoie as atividades de recuperação e conservação dos objetos.
- Aproveite o lixo orgânico para preparar composto para hortas e jardins.
- Utilize papéis dos dois lados.
- Prefira as embalagens reutilizáveis e/ou recicláveis.
- Compre produtos reciclados, pois eles ajudam a reduzir o lixo.
- Nunca jogue lixo nas ruas e em locais públicos; lugar de lixo é na lixeira.
- Separe em sua casa o lixo seco (plástico, vidro, metais e papel, que devem ser guardados limpos) do lixo úmido (restos de alimentos, papéis sujos de comida, material de varrição do quintal) e encaminhe-os para as respectivas coletas.

Ilustração digital de João Anselmo

Lixo útil gera renda

O destino de sucata, ferro-velho, material de demolição, lixo doméstico, rejeito industrial e outros resíduos pode ser mais nobre do que um aterro. A maior parte deles constitui lixo útil, reutilizável ou reciclável, com possibilidade de ganho econômico, social e ambiental.

A reutilização e a reciclagem são práticas realizadas há muito tempo. Antigamente, os sucateiros saíam pelos campos de batalha em busca de velhas espadas e as transformavam em armas novas.

Reciclar e reutilizar são formas de reaproveitamento de materiais que exigem bom-senso para melhorarmos a qualidade de vida no nosso planeta. Entretanto, os resultados só aparecerão quando um grande número de pessoas participarem e atuarem de modo consciente na questão do lixo, que, apesar de muito séria, não tem recebido ainda a devida atenção de nossa sociedade, nossos políticos e administradores públicos.

A boa vontade das pessoas conscientes das questões ambientais não é suficiente para resolver um dos maiores problemas de metrópoles como São Paulo: o destino de seus resíduos. Apenas 1% das 15 000 toneladas de lixo produzidas diariamente na cidade passa pela coleta seletiva da prefeitura (dados de 2009). Os caminhões de coleta seletiva da administração municipal atendem apenas cerca de 20% dos moradores da capital. Muitos deles tomam o cuidado de separar metais, vidros, plásticos e papéis, que lamentavelmente são jogados no mesmo caminhão e divididos novamente nos centros de triagem. Segundo Elisabeth Grimberg, coordenadora de ambiente urbano do Instituto Pólis, ONG que atua na área, 30% de tudo o que é rejeitado no lixo doméstico paulista poderia ser reciclado, o que representaria uma economia anual de mais de 9 milhões de reais.

Felizmente, algumas capitais como Curitiba e Porto Alegre apresentam sistemas de coleta seletiva que atendem 100% da população e devem servir de modelo para que outras capitais busquem políticas públicas de administração de resíduos sólidos compatíveis com o século XXI.

Seu lixo em nome da vida

"Acredite: com latas de alumínio, todo tipo de papéis, vidro, plástico, filme, embalagens cartonadas, caixinhas longa vida, chapa de raio X, garrafa de refrigerante de dois litros (pet), saco plástico, fio, cartucho de tinta de impressora, *toner* de xerox, bateria de celular e metais ferrosos pode-se [sic] devolver a esperança, a razão de viver, a saúde física e mental, a dignidade a um sem-número de pessoas.

Dependentes químicos têm tratamento garantido nas 22 fazendas de recuperação da Obra Social Nossa Senhora da Glória, com ajuda de uma fábrica de reciclável que faz aglomerados de plástico, visualmente idênticos à madeira, em Guaratinguetá [SP].

O lixo 'dá uma forcinha', também, na manutenção do Instituto de Oncologia Pediátrica, que trata crianças e adolescentes com câncer, e vem garantindo as aulas de esportes dos jovens do Projeto Equilíbrio, em Pinheiros [bairro de São Paulo].

Mas estes são apenas exemplos dos caminhos que o lixo pode seguir e que não têm nada a ver com a lixeira. E cabe salientar que cada um pode participar na exata medida do seu coração e do seu tempo.

Quer dizer, vale a campanha de coleta seletiva do lixo em casa, no condomínio, na rua, no bairro; vale sugerir que se implante um projeto ambiental na escola; vale 'adotar' uma favela, um catador de papel, um vizinho; vale, simplesmente, esforçar-se para diminuir a produção de lixo, a primeira meta a ser atingida quando se pensa na melhoria do lugar onde vivemos [...]."

Fonte: PINTO, Tânia Regina. *O Estado de S.Paulo*, São Paulo, 18-19 nov. 2000. Suplemento Feminino, n. 2.457, p. F14-15.

Lixo domiciliar paulista

A Cetesb (Companhia de Tecnologia de Saneamento Ambiental) divulgou em 2008 os resultados da 11ª edição do Inventário Estadual de Resíduos Sólidos Domiciliares. A pesquisa traz dados da situação do descarte do lixo doméstico no estado de São Paulo de 1997 (ano do primeiro relatório da área) a 2007. Para avaliar a qualidade e o tipo de descarte deste lixo no estado, a Cetesb usa alguns índices, entre eles o IQR (Índice de Qualidade de Aterro de Resíduo). A escala do IQR varia de 0 a 10 e classifica os aterros sanitários em Inadequados (quando recebem notas de 0 a 6); Controlados (notas de 6,1 a 7,99) e Adequados (notas de 8 a 10). A boa notícia é que, nesse intervalo de dez anos, os 645 municípios do estado melhoraram a condição de seus aterros. Veja os mapas.

1997

Cetesb

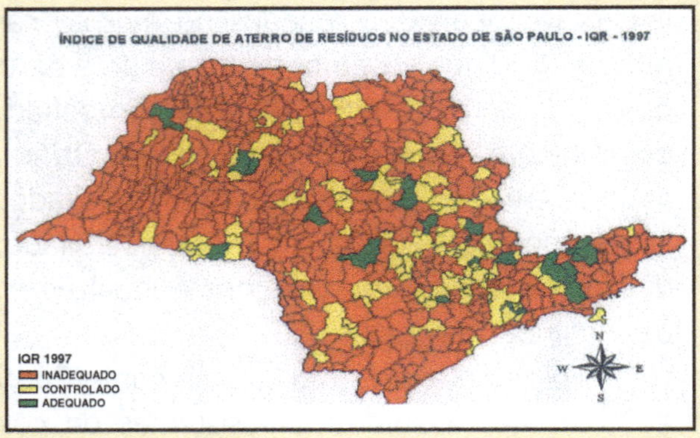

2007

Cetesb

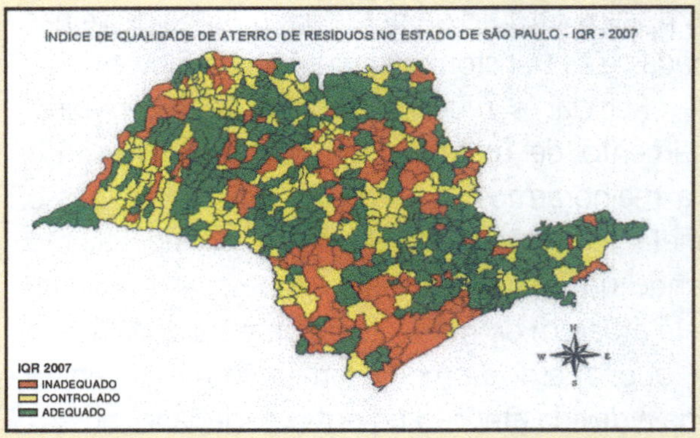

Fonte: Companhia Ambiental do Estado de São Paulo – Cetesb. Resíduos sólidos. Disponível em: <www.cetesb.sp.gov.br/residuos-solidos/Res%C3%ADduos-Urbanos/2-Res%C3%ADduos-Urbanos-e-de-Servi%C3%A7os-de-Sa%C3%BAde>. Acesso em: 1 out. 2012.

Nos EUA, a indústria da reciclagem fatura mais de 120 bilhões de dólares por ano. Isso equivale ao faturamento da indústria automobilística americana, mas com um lucro ainda maior. Como vimos, no Brasil os números são bem modestos. Essa avaliação é dificultada pela ação da cadeia informal, constituída por catadores e sucateiros. Segundo Sabetai Calderoni, autor do livro *Os bilhões perdidos no lixo*, o país faturava na década de 1990 US$ 1,2 bilhão por ano, mas poderia chegar a US$ 5,8 bilhões em pouco tempo. Cálculos da mesma época mostraram que Ribeirão Preto, por exemplo, próspera cidade do interior paulista, perdia R$ 7,2 milhões por ano com o lixo que ia para o aterro.

Programas de reciclagem

As vantagens da reciclagem são tantas que no mundo todo estão surgindo iniciativas envolvendo governos, empresários e a sociedade organizada. Em função disso, indústrias se readaptam para reciclar, empresas desenvolvem novas tecnologias para aproveitar resíduos de todo tipo, organizam-se cooperativas e associações de cata-

No *site* www.recicloteca.org.br/pontos-de-reciclagem, há uma relação de pontos de reciclagem em todo o Brasil.

Quer saber onde é a cooperativa de catadores mais perto de você? Acesse: http://cempre.org.br/servico/cooperativas (banco de dados do Cempre).

dores, surgem oficinas de arte que reaproveitam o lixo, dentre inúmeras outras iniciativas.

Resíduos plásticos

O lixo plástico, cuja quantidade só tende a aumentar no mundo todo, representa um grande problema no nosso país. Dentre as muitas iniciativas que têm surgido para reciclagem do plástico, uma bastante promissora é a que propõe a construção de casas populares com resíduos plásticos. Um empresário e um arquiteto de São Paulo desenvolveram tecnologia para aproveitar quaisquer tipos de plástico, convertendo-os em "madeira sintética", apropriada para construção.

Peter Beck/Corbis

Tome uma iniciativa e participe de um programa de reciclagem.

Os resíduos plásticos são moídos, prensados e moldados na forma de tijolos, placas e barras. O material é resistente ao fogo e a cupins, e a durabilidade, calculada em 400 anos. Para construir uma casa de 70 metros quadrados são necessárias 5 toneladas de plástico. Além de casas e galpões, o material se presta, também, à construção de cabines, caixões e divisórias.

Já há também empresas reciclando embalagens plásticas de agrotóxicos. O plástico é derretido e transformado em material granulado, que vai permitir a fabricação de conduítes para instalações elétricas e tubulações para esgoto.

Faça o bem e olhe a quem... Reciclar

O Reciclar foi fundado em 1995, e seu objetivo é recrutar adolescentes de 16 a 19 anos provenientes de famílias de baixa renda para ensiná-los a reciclar papel, fazer objetos com esse material reciclado, despertar aptidões e encaminhá-los ao mercado de trabalho. As condições principais para ser selecionado são a frequência obrigatória às aulas na rede pública e o aproveitamento escolar. Todos são registrados e recebem um salário mensal, de acordo com a CLT [Consolidação das Leis do Trabalho].

Além do trabalho prático, todos têm não só aulas complementares de português, matemática, artes, conhecimentos gerais e computação, como também acompanhamento psicológico e, principalmente, lições de cidadania.

Aprendem a trabalhar em grupo, a respeitar as diferenças de cada um, a desenvolver a ética e o espírito de solidariedade.

A equipe de adolescentes e voluntários do Reciclar desenvolveu uma proposta inovadora com produtos sofisticados e abrangentes, dentro da tendência crescente em todo o mundo: a utilização de papel reciclado.

Ao adquirir produtos do Reciclar, você está se engajando em um importante esforço social e fazendo um grande bem aos jovens que participam deste projeto.

Pneus

Outra questão que precisa de solução urgente é o descarte de pneus usados. A Associação Nacional da Indústria de Pneumáticos — Anip calcula que há, no Brasil, cerca de 100 milhões de pneus velhos espalhados em aterros, terrenos baldios, rios e lagos. Como a cada ano milhões de pneus novos entram em uso, pense no que isso representa em volume. A principal matéria-prima dos pneus é a borracha vulcanizada, mais resistente que a borracha natural. Ela é de degradação lenta e, quando queimada a céu aberto, contamina o meio ambiente com carbono, enxofre e outros poluentes. Além disso, os pneus abandonados acumulam água das chuvas, permitindo a proliferação dos mosquitos transmissores da dengue e da febre amarela.

Reciclagem de pneus — Cempre
http://cempre.org.br/artigo-publicacao/ficha-tecnica/id/7/pneus

vulcanização: processo pelo qual a borracha reage com o enxofre, tornando-se mais resistente.

Craig Aurness/Corbis

Michael Pole/Corbis

A reciclagem de pneus no Brasil ainda é tímida, mas os fabricantes e importadores desses produtos já são obrigados por lei a recolher os pneus velhos que comercializam e encaminhá-los à reciclagem.

Pneus como combustível

"[...] Na Europa, 40% desses pneus inservíveis são utilizados pelas fábricas de cimento como combustível alternativo no lugar do carvão, uma aplicação ambientalmente correta e que garante economia aos donos das chamadas 'cimenteiras'. Os pneus são picados e queimados em fornos fechados, onde a borracha sofre combustão total — ao contrário do que acontece na queima a céu aberto — e a fumaça tóxica emitida, preta e de forte odor, é filtrada para não poluir o meio ambiente. Mas, no Brasil, essa prática ainda é novidade."

Fonte: *Minas faz ciência*. Belo Horizonte, n. 10, mar./maio 2002. Disponível em: <http://revista.fapemig.br/materia.php?id=164>. Acesso em: 1 out. 2012.

Nova tecnologia mineira é simples e barata

"Para deter o avanço desse lixo [pneus velhos], é preciso reciclar. No entanto, a reciclagem dos pneus chamados inservíveis — sem condições de rodagem ou de reforma — ainda é um desafio. 'A composição da borracha vulcanizada confere a este material alta resistência química e física, fazendo da reciclagem um processo complexo e ainda não economicamente atraente para a indústria', explica o Prof. Rochel Montero Lago, pesquisador e professor do Departamento de Química da UFMG (Universidade Federal de Minas Gerais). O desafio e a paixão pela natureza motivaram o doutor em química a buscar novas tecnologias para a reciclagem de pneus. Depois de dois anos de pesquisa no Laboratório de Tecnologia Ambiental da UFMG, e com o apoio da Fapemig [Fundação de Amparo à Pesquisa do Estado de Minas Gerais], o Prof. Rochel coordenou a equipe de pesquisadores que desenvolveu um processo inédito de desvulcanização **da borracha. Assim, a resistente e insolúvel borracha do pneu volta a ser matéria-prima e passa a ter aplicações mais nobres."**

desvulcanização: processo inverso ao da vulcanização que libera o enxofre e recupera a borracha pura.

Fonte: *Minas faz ciência*. Belo Horizonte, n. 10, mar./maio 2002. Disponível em: <http://revista.fapemig.br/materia.php?id=164>. Acesso em: 1 out. 2012.

Aproveitando pneus velhos

A Petrobras desenvolveu uma técnica interessante para reciclagem de pneus. Ela extrai óleo, gás e enxofre de uma rocha conhecida como xisto betuminoso. Desde 2001 a empresa vem juntando pneus picados ao xisto, o que aumentou o rendimento daqueles produtos. O processo permite também a recuperação do aço que faz parte dos pneus.

De acordo com a Resolução n. 258 do Conama, os fabricantes e importadores de pneus ficaram obrigados a recolher e encaminhar pneumáticos velhos para a reciclagem no prazo de três anos (janeiro de 2002 a janeiro de 2005). Esse período permitiu a adaptação das empresas à exigência, pois o descarte dos pneus pôde ser feito gradualmente.

Além da reutilização de pneus inteiros na construção de muros de arrimo e da tubulação para drenar gases em aterros sanitários, a borracha tem sido usada na produção de tapetes de automóveis e solados de sapatos.

Lixo hospitalar

Outra iniciativa de reciclagem é a que transforma lixo hospitalar em tijolos. A tecnologia, desenvolvida pelo Hospital Universitário da Universidade de São Paulo — USP em conjunto com o Instituto de Pesquisas Tecnológicas — IPT e com o Instituto de Física, transforma seringas, agulhas, esparadrapos e até restos cirúrgicos em tijolos para a construção civil. O lixo, aquecido até 15 000 °C, resulta em peças vitrificadas, que podem ser usadas na construção civil ou em calçamentos. Dessa forma, o lixo hospitalar, cujo descarte oferece grandes problemas para o meio ambiente, tem um fim mais digno.

Outros materiais

Mas outras ideias têm surgido...

Uma delas, por exemplo, é a da cooperativa de Goiânia (GO), que desde 1998 fabrica

Resolução Conama n. 258, de 26 de agosto de 1999
www.mma.gov.br/port/conama/res/res99/res25899.html

telhas semelhantes às de amianto a partir de papelão e papel. A grande vantagem é que elas são menos tóxicas que as de amianto.

Outra é a de reciclagem das cascas de coco, realizada por uma empresa do Rio de Janeiro. O consumo de água de coco gera enorme quantidade de cascas, principalmente nas cidades litorâneas. O Projeto Coco Verde, desenvolvido pela empresa, consiste na comercialização dos frutos e recolhimento das cascas, que são encaminhadas para reciclagem. Delas resultam inúmeros artefatos, como vasos e placas de apoio para plantas, que substituem o xaxim retirado de vegetais em extinção, além de palitos, placas acústicas e térmicas e objetos de decoração.

Outra boa ideia é a que recicla o óleo usado em frituras feitas por lanchonetes, bares e restaurantes transformando-o em biodiesel. Já há veículos movidos a biodiesel circulando em algumas cidades. Além da grande vantagem econômica, o biodiesel polui menos que o diesel derivado do petróleo e é biodegradável.

Os municípios de Gramado e Canela, no Rio Grande do Sul, desde 2003 realizam coleta seletiva de óleos comestíveis em estabelecimentos cadastrados. Assim, em lugar de ir para o ralo da pia e entupir o encanamento da rede de esgoto, a gordura usada é destinada à produção de sabão, detergente, tinta, cola e massa de vidraceiro, além de biodiesel.

Reciclagem do coco

Ilustrações digitais de Ricardo de Krishna

Associações e cooperativas de catadores de lixo

Ultimamente, catadores de material reciclável descobriram que, organizados em associações e cooperativas, além de ganharem mais, conseguem armazenar e comercializar mais facilmente o material recolhido.

Ao longo dos anos, as preferências por diferentes materiais para reciclagem fizeram sucateiros e catadores variar o tipo de coleta: ferro-velho, garrafas de vidro, papel e papelão, e, mais recentemente, alguns tipos de plástico e latinhas de alumínio. Embora fosse uma atividade bem antiga, a coleta era bem irregular, atendendo a interesses variáveis de uns poucos empresários. Isso tudo aconteceu até bem pouco tempo. Entretanto, com o incessante aumento do volume de lixo e da grande variedade de materiais atualmente descartados, a reciclagem tornou-se um empreendimento rentável, além de ecologicamente correto. Em

Coopamare, uma iniciativa que deu certo

Em 14 de maio de 1989 foi criada a Cooperativa dos Catadores Autônomos de Papel, Aparas e Materiais Reaproveitáveis — Coopamare, resultado de um sonho de catadores de papel que se encontravam para tomar o sopão, fornecido pela Organização de Auxílio Fraterno — OAF, que há muitos anos funciona embaixo do viaduto do Glicério, em São Paulo. O primeiro passo foi a construção de um carrinho de mão para o transporte de material, que servia a várias duplas em dias alternados. Ao mesmo tempo, era feita uma caixinha, onde cada um colocava 10% do que havia arrecadado naquele dia. Com esse dinheiro, foi construído um segundo carrinho, e depois outros, até a oficialização da Cooperativa dos Profissionais Autônomos Catadores de Papel.

Com o trabalho dos catadores todo mundo ganha. A prefeitura gasta menos com a coleta de lixo, e o volume de resíduos que vai diariamente para os aterros é reduzido, representando menor agressão à natureza, com menos cortes de árvores e redução da extração de matéria-prima para fazer vidro ou latinhas. Para os cooperados significa conseguir preços melhores para seus produtos, já que vendem direto para as indústrias de reciclagem e evitam os atravessadores.

Além de trabalho, lá as pessoas têm a oportunidade de fazer cursos e assistir a palestras, o que as capacita para seu ofício e as torna mais conscientes de sua cidadania.

Ilustração digital de João Anselmo

consequência, vem despertando o interesse de um número cada vez maior de empresários.

Acompanhando a tendência, os catadores passaram a se organizar, criando cooperativas e associações, aumentando, assim, a capacidade de coleta e conseguindo preços melhores na venda dos materiais.

As cooperativas vêm ganhando adeptos, e muitas cidades, mesmo pequenas, já têm grupos organizados de catadores. Um exemplo é a Cooperativa de Trabalho dos Recicladores e Coletores Autônomos de Batatais (Coopercol), pequena cidade do estado de São Paulo. Ela se encarrega da coleta seletiva na cidade e vende o material coletado para a prefeitura. Além disso, cuida da varrição das ruas, manutenção das praças, corte de grama e mato em terrenos públicos e reflorestamento de áreas degradadas.

Outro exemplo é a Associação dos Catadores de Material Reaproveitável de Belo Horizonte — Asmare, Minas Gerais, que, em parceria com outras organizações semelhantes, está realizando uma experiência inédita no Brasil com a montagem de uma fábrica para reciclagem de materiais plásticos. Além de proprietários, os associados formarão a diretoria da fábrica. A Asmare, que é reconhecida internacionalmente, foi fundada em 1º de maio de 1990. Atualmente, reúne cerca de 290 catadores, que recolhem, por mês, aproximadamente 420 toneladas de material reciclável.

Morada do inventor

Elias José

A professora pedia e a gente levava,
Achando loucura ou monte de lixo:

latas vazias de bebida, caixas de fósforo,
pedaços de papel de embrulho, fitas,
brinquedos quebrados, xícaras sem asa,
recortes e bichos, pessoas, luas e estrelas,
revistas e jornais lidos, retalhos de tecidos,
rendas, linhas, penas de aves, cascas de ovo,
pedaços de madeira, de ferro ou de plástico.

Um dia a professora deu a partida
e transformamos, colamos e colorimos.

E surgiram bonecos esquisitos,
bichos de outros planetas, bruxas
e coisas malucas que Deus não inventou.

Tudo o que nascia ganhava nome, pais,
casa, amigos, parentes e país.
E nasceram histórias de rir ou de arrepiar!

E a escola virou morada de inventor!

Fonte: Revista *Nova Escola*, São Paulo, ed. 133, jun. 2000. Disponível em: <http://revistaescola.abril.com.br/lingua-portuguesa/pratica-pedagogica/morada-inventor-423524.shtml>. Acesso em: 9 out. 2012.

Artesanato e reaproveitamento

Nos últimos anos, uma grande quantidade de artesãos e artistas passou a trabalhar com matéria-prima coletada no lixo. Eles produzem de tudo: bolsas, brinquedos, luminárias, quadros, esculturas e até roupas. Além de preservar o meio ambiente, essas iniciativas geram renda e têm se multiplicado por todo o país. Eis alguns exemplos: a prefeitura de Piraí (RJ) apoia uma cooperativa de vinte produtores de objetos decorativos feitos a partir de retalhos de cortina, tubos de PVC e placas de automóveis; em Rio Branco (AC), os estudantes do Projeto Eco da Arte reciclam papel, e, no Rio de Janeiro, a Reciclarte ensina moradoras das favelas de Jacarepaguá a fazerem artesanato com materiais retirados do lixo.

Outra boa iniciativa é a da Creche Escola Vila, em Fortaleza (CE), que ensina as crianças a transformarem sucata em brinquedos. O material reciclável, levado pelas famílias dos alunos, é armazenado na própria escola. Como o volume é grande, tudo o que as crianças não aproveitam é doado a catadores.

Instituto do PVC
www.institutodopvc.org

Até luxo pode vir do lixo. É o que nos mostram as escolas de samba, nos desfiles do Carnaval. Muito do brilho e beleza das fantasias e dos carros alegóricos é conseguido com material reaproveitado de carnavais anteriores ou do que foi descartado como lixo.

Toda arte contribui para tornar o mundo mais bonito e, portanto, mais agradável para se viver. Os artistas e artesãos que reciclam, então, contribuem duplamente, pois são capazes de transformar o que é feiura em beleza. Entretanto, cada um de nós, mesmo não sendo artista, pode ajudar a criar um ambiente mais belo e saudável. Todos gostamos de uma casa bonita e sentimos orgulho de uma cidade limpa e bem cuidada, não é mesmo?

Você se lembra dos 3 Rs: reduzir, reutilizar e reciclar? Que tal colocá-los em prática?

Assuma um compromisso com você mesmo, com a sua consciência, escrevendo em um papel, com letra bem grande, as atitudes que vai tomar desde já com relação ao lixo. Pendure o papel em local bem visível.

E tenha sempre em mente: somos nós os responsáveis pelo ambiente que criamos à nossa volta.

Esquentando a água com... lixo!

José Alcino Alano é um senhor aposentado, morador da cidade catarinense de Tubarão. Ele inventou um aquecedor solar de água caseiro e ecológico que utiliza materiais recicláveis: 100 garrafas PET de 2 litros, 100 embalagens cartonadas de leite, 30 metros de tubos de PVC e outros materiais pouco usuais. Após seis horas de exposição ao sol, a engenhoca consegue elevar a temperatura da água de 16 para 38 graus no inverno e de 23 para 50 no verão.

Essa pesquisa garantiu ao senhor José Alcino o Prêmio Super Ecologia 2004, promovido pela revista *Superinteressante*, e sua invenção tem sido difundida pelo Brasil. Mas o que ele quer mesmo é que seu aquecedor seja adotado em casas populares, creches e escolas, por isso já garantiu a patente da invenção, para que ninguém roube a ideia e lucre com isso.

A Secretaria de Estado do Meio Ambiente e de Recursos Hídricos do Paraná, em parceria com o inventor, elaborou uma apostila bem didática que explica como o aquecedor funciona. Acesse: www.lixo.com.br/documentos/solar.pdf.

NOTÍCIAS MUITO

Catadora de material reciclável entra na USP

Laíssa, de 19 anos, faz o curso de Gestão Ambiental na USP Leste, em São Paulo, desde junho de 2011. Ela trabalhava como catadora de material reciclável na Cooperativa Granja Julieta e, ao mesmo tempo, cursava o ensino médio. Para ajudar a Cooperativa, resolveu conquistar um diploma universitário, prestou vestibular e entrou no curso de Gestão Ambiental na FMU, no início de 2011. Entretanto, os gastos com as mensalidades da faculdade e com transporte obrigaram-na a tentar novo vestibular na USP, onde conseguiu entrar em junho do mesmo ano. Ela sabe que, conquistando um diploma, terá mais condições de lutar pela cooperativa.

Adaptado de: ÅLCANTARA E SILVA, Luisa. Catadora de material reciclável entra na USP. *Folha de S.Paulo*, São Paulo, 11 mar. 2012. Cotidiano, p. C8.

Lixo transformado em violino

Davi Rocha, de 20 anos, começou a se interessar por música ainda criança e um dia resolveu fazer seus próprios instrumentos musicais. Em 2009, passou a frequentar aulas de luteria, para aprender a arte de construir tais instrumentos. Com a madeira que busca no lixo, ele já fez um alaúde, um cavaquinho, um bandolim, uma rabeca-violino e um violão barroco. Um dos maiores sonhos de Davi é poder assistir aos concertos da Sala São Paulo, onde tocam as melhores orquestras da cidade.

Adaptado de: CORREA, Vanessa. A música que veio do lixo. *Folha de S.Paulo*, São Paulo, 8 maio 2011. Cotidiano, p. C4.

Catador de latas sueco deixa herança milionária

Curt Degerman, conhecido como "Curt da Lata", havia abandonado a escola e passou os últimos 30 anos de sua vida catando latinhas na cidade de Skellefteå, no norte da Suécia. Ele era tido como solitário e circulava em uma bicicleta velha para recolher os recicláveis. Quando morreu dormindo, aos 60 anos, a família descobriu que ele havia deixado uma herança de aproximadamente US$ 1,4 milhão. Isso porque, quando não estava vasculhando lixo à procura de material, Curt frequentava a biblioteca da cidade, diariamente, para ler o noticiário financeiro e estudar o mercado de ações.

O catador utilizou os conhecimentos adquiridos para transformar em ações e fundos o que conseguia com a venda do material que recolhia. Também comprou barras de ouro. Além do dinheiro, tinha casa própria. Deixou um testamento atribuindo todos os seus bens ao primo Torgny Tjernlund, o único que costumava visitá-lo. Porém, quando a família tomou conhecimento da fortuna, um tio de Curt, de 92 anos, decidiu contestar, nos tribunais, o direito do primo de receber tudo sozinho. Como pela lei sueca o tio também tem direito à herança, tio e primo fizeram um acordo extrajudicial e ambos saíram ganhando.

De acordo com o jornal sueco *Expressen*, que deu a notícia, Curt Degerman foi, segundo familiares, uma criança inteligente, mas abandonou a escola na adolescência devido a uma crise pessoal, tendo optado, então, por um estilo de vida alternativo.

Adaptado de: PORTAL G1. Família de catador de latas sueco briga por herança na justiça. 31 mar. 2010.
Disponível em: <http://g1.globo.com/Noticias/Mundo/0,,MUL1551969-5602,00-FAMILIA+DE+CATADOR+DE+LATAS+SUECO+BRIGA+POR+HERANCA+MILIONARIA.html>. Acesso em: 2 out. 2012.

Armas de verdade viram brinquedo

A Campanha do Desarmamento promovida em todo o Brasil em 2004 é um exemplo de reciclagem: o ferro de armas recolhidas na campanha virou brinquedos para as crianças. Os primeiros foram inaugurados em um dos bairros mais violentos de São Paulo. O local, que já foi um lixão clandestino agora recuperado pela Prefeitura, ganhou gangorra, balanços e escorregador com *design* que lembra paz, um dos dois principais objetivos da campanha, que é implementar uma cultura de paz no país. O outro não é desarmar o bandido, o que é função da polícia, mas o cidadão de bem, para evitar tragédias domésticas.

Evelson de Freitas/AE

Para virar brinquedo, as armas entregues na Polícia Federal vão para o Exército, onde são catalogadas e de onde saem para uma siderúrgica em Osasco, SP. Nesse local, são derretidas a 1 500 ºC e transformadas em lingotes, que viram chapas de aço em outra siderúrgica, antes de seguirem para Campinas, cidade próxima à capital paulista, onde são cortadas em tiras, que, por sua vez, originam tubos metálicos, com os quais são feitos os brinquedos.

Transformar as armas justamente em brinquedos foi proposital: uma forma de reciclar também o pensamento das pessoas, mostrando que algo que mata pode ser transformado em coisas que dão vida e alegria.

Adaptado de: GARBIN, Luciana. Brinquedos foram feitos com armas entregues em campanha. *O Estado de S.Paulo*, São Paulo, 18 nov. 2004. Metrópole, p. 9.

Quem vai ver seu velho televisor de tubo?

Faça as contas: a venda de televisores no Brasil está estável [...]; mas, dentro deste universo, a venda de televisores de tela fina — item top na lista de sonhos de consumo deste início de século — está duplicando [...]; pode-se concluir que está havendo uma acelerada substituição de aparelhos e que os tubos cinescópios estão sendo empurrados para fora das salas de estar. O problema é: para onde vão esses televisores que o consumidor considera ultrapassados?

Milhares já foram para o quarto das crianças, para prejuízo da espécie humana; outros milhares foram gentilmente descartados [...], o fato é que dificilmente se encontra um lar sem TV no Brasil eletrificado.

Os televisores de tubo mais recentes talvez não tenham a qualidade suficiente para merecer um lugar em antiquários, e logo o Brasil pode ver com indiferença o que, nos anos [19]80, causava espanto: televisores nas calçadas do Japão ou dos EUA, à espera do caminhão de lixo.

O fato, porém, é que precisamos pensar a sério no descarte adequado desse material altamente tóxico, poluente e nocivo à saúde.

Uma consulta a três dos principais fabricantes de televisores revelou que nenhum deles tem qualquer plano para disposição final de aparelhos velhos e seus resíduos — que incluem metais pesados, cuja decomposição na natureza leva de 20 a 450 anos. A assessoria de comunicação da Eletros (Associação Nacional de Fabricantes de Produtos Eletroeletrônicos) também desconhece qualquer iniciativa neste sentido.

As empresas não são obrigadas a cuidar desse lixo tecnológico. Por enquanto, só fabricantes e importadores de pilhas e baterias estão submetidos à Resolução 257 do Conselho Nacional do Meio Ambiente (Conama), que determina o gerenciamento dos produtos descartados e a disposição adequada dos resíduos finais.

Zoran Milich/Masterfile/Other Images

Televisores no lixo podem ser uma imagem comum, em poucos anos, no Brasil.

Talvez o Conama possa estimular os fabricantes de televisores ou, melhor ainda, os empresários talvez possam tomar a iniciativa de cuidar deste lixo, antes que ele se avolume demais. Não se sabe quantos televisores serão descartados nos próximos anos, mas, para se ter uma ideia, o mundo jogou fora 400 milhões de computadores nos últimos três anos [2005 a 2007], segundo o Comitê pela Democratização da Informática (CDI), que trabalha com a reciclagem de componentes.

Reciclar componentes de televisores, aliás, pode ser uma solução interessante.

Você conhece alguma iniciativa para orientar o descarte de televisores velhos?

*David Moisés é jornalista do estadao.com.br / Blog Nós
Adaptado de: MOISÉS, Davi. Quem vai ver seu velho televisor de tubo? 6 ago. 2008. Disponível em: <http://blog.estadao.com.br/blog/index.php? blog=18cat=53>. Acesso em: 9 out. 2012.

Bibliografia

5 ELEMENTOS INSTITUTO DE EDUCAÇÃO E PESQUISA AMBIENTAL. Coleção Reciclagem em Ação. 2. ed. São Paulo: [s.n.], 1996.

______. *Lixo e reciclagem*. 2. ed. São Paulo: [s.n.], 1997.

ABREU, Maria de Fátima. *Do lixo à cidadania*: estratégias para a ação. Brasília: Caixa Econômica Federal/Unicef, 2001.

BARIFOUSE, Rafael. Problemas enterrados. *Ciência Hoje,* São Paulo, v. 34, n. 199, p. 38-39, nov. 2003.

BENNETT, Paulo. *Terra* — uma incrível máquina de reciclagem. São Paulo: Moderna, 1995.

BRANCO, Samuel Murgel. *O meio ambiente em debate*. São Paulo: Moderna, 1988.

CALDERONI, Sabetai. *Os bilhões perdidos no lixo*. 3. ed. São Paulo: Humanitas/FFLCH/USP, 1999.

CASTAGNARI, Eduardo (Coord.). *Panorama dos resíduos sólidos no Brasil — 2010*. São Paulo: Alrelpe, 2010.

CEDEC; SECRETARIA DO MEIO AMBIENTE; COORDENADORIA DE EDUCAÇÃO AMBIENTAL. *Consumo, lixo e meio ambiente*. Ed. especial. São Paulo: [s.n.], 1997.

COLAVITTI, Fernanda. O que fazer com o lixo. *Galileu*, São Paulo, n. 143, p. 48-49, jun. 2003.

CYMBALISTA, Tatiana. *Relatório da Gazeta Mercantil*. O futuro das cidades. 7 ago. 2003.

DUNDER, Karla. Ilustrador ensina sua arte para jovens da periferia. *O Estado S.Paulo*, p. D5, 4 maio 2004.

FORTUNA jogada no lixo. *Folha de S.Paulo*, São Paulo, 26 fev. 2000. Folha Trainee. Especial, p. 1-8.

FUNDAÇÃO SOS MATA ATLÂNTICA; PREFEITURA DE PARATY. *Manual de coleta seletiva de lixo*. São Paulo, 2001.

FUZARO, João A.; RIBEIRO, Lucilene T. *Coleta seletiva para prefeituras*. São Paulo: Secretaria do Meio Ambiente/Cetesb, 1998.

HELENE, M. E. Marcondes. *A radioatividade e o lixo nuclear*. São Paulo: Scipione, 2001.

IEF; UNICEF. *Quanto vale nosso lixo*. Projeto Verde Vale. Viçosa, MG: [s.n.], 1999.

KUPSTAS, Márcia (Org.). *Ecologia em debate*. São Paulo: Moderna, 1997.

LIMPURB. *Programa de coleta seletiva*: guia de implantação. São Paulo, 2001.

MEIO AMBIENTE — uma saída para o lixo. *Problemas brasileiros*. São Paulo: Sesc/Senac, mar./abr. 2001, p. 4-11.

PINTO, Tânia Regina. Seu lixo em nome da vida. *O Estado de S.Paulo*, São Paulo, 18-19 nov. 2000. Suplemento Feminino, n. 2.457, p. F14-15.

RODRIGUES, Francisco L.; CAVINATTO, Vilma M. *Lixo — De onde vem? Para onde vai?* São Paulo: Moderna, 1997.

SCARLATO, Francisco C.; PONTIN, Joel A. *Do nicho ao lixo*: ambiente, sociedade e educação. 18. ed. São Paulo: Atual, 2011.

______. *O ambiente urbano*. 4. ed. São Paulo: Atual, 2007.

SECRETARIA DE ESTADO DO MEIO AMBIENTE/CETESB. *A cidade e o lixo*. São Paulo, 1998.

SCHARF, Regina; VASCONCELOS, Fernanda. Dossiê Reciclagem: tesouros do lixo. *Horizonte Geográfico*, São Paulo, n. 89, p. 36, out. 2003.

TETRAPAK. *A embalagem e o ambiente*. 3. ed. São Paulo: TetraPak, 2003.

______. *Reciclagem*. Disponível em: <www.tetrapak.com/br/reciclagem/pages/default.aspx>. Acesso em: 2 out. 2012.

THE EARTH WORKS GROUP. *Manual de reciclagem*: coisas simples que você pode fazer. 2. ed. Rio de Janeiro: José Olympio, 2000.

VELLOSO, Rodrigo. Comida é o que não falta. *Superinteressante*, São Paulo, ed. 174, p. 48-51, mar. 2002.

Vídeos

Bagaço de cana
Direção: Jorge Oliveira/Realização: EMA Vídeo
Duração: 24 min. — Brasília, 1990.

Boca de lixo
Direção: Eduardo Coutinho/Realização: Thereza Jessouroum
Duração: 50 min. — Rio de Janeiro, 1992.

Cada lixo em seu latão
Direção: Marisol/Realização: CDDH Petrópolis
Duração: 10 min. — Petrópolis, 1992.

Césio 137, o brilho da morte
Direção: Luiz Eduardo Jorge/Realização: Formato Vídeo Beta
Duração: 24 min. — Goiânia, 2003.

Estamira

Direção: Marcos Prado. Duração: 121 min. — Brasil, 2006.

Ilha das flores

Direção: Jorge Furtado/Realização: Casa do Cinema
Duração: 12 min. — Porto Alegre, 1989.
Venda e locação de cópias, marcação de sessões: distribuidora@casacinepoa.com.br

Itu ganha sistema de coleta de lixo subterrânea

TV Tem. TV Globo. Duração: 3 min. Disponível em: http://g1.globo.com/sao-paulo/sorocaba-jundiai/tem-noticias-2edicao/videos/v/itu-ganha-sistema-de-coleta-de-lixo-subterranea/4343066/.

Lixo extraordinário

Direção: Lucy Walker. Codireção: João Jardim, Karen Harley. Produção: Angus Aynsley, Hank Levine. Coprodução: Peter Martin. Produção executiva: Fernando Meirelles, Miel de Botton Aynsley, Andrea Barata Ribeiro, Jackie de Botton, Aloysio Compasso, José Lozeiro. Duração: 99 min. — Brasil, 2009.

Lixo no mar

Produção: Secretaria do Meio Ambiente/CEAM — Coordenadoria de Educação Ambiental
Duração: 9 min. — São Paulo.

Lixo, onde é que eu jogo?

Direção: Mauro Faria/ Realização: Centro Cultural Rio Cine
Duração: 17 min. — Rio de Janeiro, 1992.

Papel e celulose

Direção: Célia Ladeira/Realização: EMA Vídeo
Duração: 24 min. — Brasília, 1990.

Quixote reciclado

Direção: Philippe Henry/Realização: Philippe Henry Multivisão e Vídeo
Duração: 52 min. — São Paulo.
No *site* www.tetrapak.com/br, a escola pode pedir o *kit*, que é composto pela cartilha *A embalagem e o ambiente*, pelo caderno do professor *Meio ambiente, cidadania e educação* e pelo vídeo acima, que mostra, de maneira lúdica e instrutiva, a complexidade da questão do lixo urbano no Brasil.

Tá limpo

Direção: Cristina Koening/Realização: ISER Vídeo
Duração: 10 min. — Rio de Janeiro, 1991.

Terra azul nº 3

Direção: Roberto Werneck/Realização: RW Vídeo
Duração: 50 min. — Rio de Janeiro, 1989.

Um oceano de plástico: a sujeira se acumula no lixão do Pacífico

Fantástico. TV Globo. Duração: 7 min. Disponível em: www.youtube.com/watch?v=2bSN9JXsS90.

Vida qualidade vida

Direção: Márcia Meireles e Maria A. Lemos/
Realização: Redeh/Cemina
Duração: 8 min. — Rio de Janeiro, 1993.

Vira plástico

Direção: Renato Barbieri/Realização: 5 Elementos
Duração: 10 min. — São Paulo, 1995.
http://bit.ly/viravolta

Viravolta

Direção: Renato Barbieri/Realização: 5 Elementos
Duração: 18 min. — São Paulo, 1995.
http://bit.ly/viravolta

Leitura complementar — *Sites* e endereços interessantes

Alumínio

Associação Brasileira do Alumínio — ABAL

Rua Humberto I, 220, 4º andar — Vila Mariana
CEP: 04018-030 — São Paulo — SP
Tel.: (0**11) 5904-6450/Fax: (0**11) 5904-6459
site: www.abal.org.br

Como é feita a reciclagem de latas — *Galileu*

http://revistagalileu.globo.com/Galileu/0,6993,ECT917033-1716,00.html

Associações e Organizações Não Governamentais

Compromisso Empresarial para Reciclagem — Cempre

Rua Bento de Andrade, 126, Jardim Paulista
CEP: 04503-000 — São Paulo — SP
Tel.: (0**11) 3889-7806/8564
e-mail: cempre@cempre.org.br
site: www.cempre.org.br

Fundação Estadual do Meio Ambiente — FEAM — MG

Rodovia Prefeito Américo Gianetti, s/n, Serra Verde
CEP: 31630-900 — Belo Horizonte — MG
Tel.: (0**31) 3915-1000
site: www.feam.br

Instituto Akatu — Consumo consciente para um futuro sustentável

Rua Padre João Manuel, 40, segunda sobreloja — Conjunto Nacional.
CEP: 01411-000 — São Paulo — SP
Tel.: (0**11) 3141-0177/Fax: (0**11) 3141-0208
e-mail: faleconosco@akatu.org.br
site: www.akatu.org.br

Instituto Ambiental Vidágua

Av. Cruzeiro do Sul, n. 26-40
CEP: 17032-000 — Bauru — SP
Tel.: (0**14) 3281-2633
e-mail: contato@vidagua.org.br
site: http://vidagua.org.br

Instituto Lixo e Cidadania

R. Dr. Salvador de Maio, 207, Jardim Botânico
CEP: 80210-136 — Curitiba — PR
Tel: (0**41) 3262-0044

Instituto Reciclar

Av. Presidente Altino, 973
CEP: 05323-002 — São Paulo — SP
Tel.: (0**11) 3768-3607
e-mail: reciclar@reciclar.org.br
site: www.reciclar.org.br

WWF — Brasil

Organização não governamental atuante no Brasil desde 1971 que faz parte de uma rede mundial de conservação da natureza.
SHIS EQ QL 6/8, 2º andar, cj. E
CEP: 71620-430 — Brasília — Distrito Federal
Tel.: (0**61) 3364-7400/Fax: (0**61) 3364-7474
e-mail: enpresas@wwf.org.br
site: www.wwf.org.br

Catadores

Cooperativa dos Catadores Autônomos de Papel, Aparas e Materiais Reaproveitáveis — Coopamare

Rua Galeno de Almeida, 659
CEP: 05410-030 — São Paulo — SP
Tel.: (0**11) 3064-3976
e-mail: contato@coopamare.org.br

Coletores de lixo

Fundacentro — Ministério do Trabalho e Emprego

www.fundacentro.gov.br/cursos-e-eventos/coletores-de-lixo

Desenvolvimento sustentável

Conselho Empresarial Brasileiro para o Desenvolvimento Sustentável — CEBDS

Av. das Américas, 1.155, grupo 208, Barra da Tijuca
CEP: 22631-000 — Rio de Janeiro — RJ
Tel.: (0**21) 2483-2250/Fax: (0**21) 2483-2254
e-mail: cebds@cebds.org
site: www.cebds.org.br

Guia de boas práticas para o consumo sustentável

www2.camara.gov.br/responsabilidade-social/ecocamara/praticaconsumosustentavel.pdf/view

Instituto 5 elementos

Rua Catão, 1173 — Lapa
CEP: 05049-000 — São Paulo — SP
Telefax: (0**11) 3871-1944
e-mail: comunicacao@5elementos.org.br
site: www.5elementos.org.br

Destino do lixo

Instituto Nacional de Processamento de Embalagens Vazias — Inpev

Rua Capitão Antonio Rosa, 376, 7º andar
CEP 01443-010 – São Paulo – SP
Tel.: (0**11) 3069-4400
site: www.inpev.org.br

Embalagens

Associação Brasileira de Embalagem

Rua Oscar Freire, 379, 15º andar, cj. 152
CEP: 01426-001 — São Paulo — SP
Tel.: (0**11) 3082-9722/Fax: (0**11) 3081-9201
e-mail: abre@abre.org.br
site: www.abre.org.br

Garrafas pet

Associação Brasileira dos Fabricantes de Embalagens de Pet — Abipet

Rua Joaquim Floriano, 72, cj. 85, Itaim
CEP: 04534-000 — São Paulo — SP
Telefax.: (0**11) 3078-1688
e-mail: secretariabipet@abipet.org.br
site: www.abipet.org.br

Latas de aço

Associação Brasileira de Embalagem de Aço — Abeaço

Alameda Vicente Pinzon, 144, cj. 61, Vila Olímpia
CEP: 04547-130 — São Paulo — SP
Telefax: (0**11) 3842-9512/
Disk Aço: 0800 172044
site: www.abeaco.org.br

Lixo em geral

Ambiental Lixo Zero

Av. Nilo Peçanha, 50, grupo 2706, Centro
CEP: 02020-100 — Rio de Janeiro — RJ
Tel.: (0**21) 3654-9430/Fax: (0**11) 2215-1018
e-mail: sac@lixozero.com.br
site: www.lixozero.com.br

Gp-11

Site interessante que faz a cotação de produtos para quem quer instalar uma coleta seletiva.
site: www.gp11.com.br/sites/lixo

Lixo.consulting

Site que apresenta uma diversidade de temas relacionados ao lixo: reciclagem, destinação, rotulagem, coleta seletiva, tempo de decomposição, legislação etc.
site: www.lixo.com.br

Manejo de resíduos sólidos urbanos – Destaques da Política Nacional de Resíduos Sólidos

www.mma.gov.br/estruturas/srhu_urbano/_arquivos/folder_pnrs_125.pdf

Pesquise e preserve — CPRH — Agência Estadual de Meio Ambiente e Recursos Hídricos — PE

www.cprh.pe.gov.br

Lixo químico

Laboratório de Resíduos Químicos — LRQ — São Carlos — USP

Av. Trabalhador Sancarlense, 400 (endereço geral do *campus*):
CEP: 13566-590 — São Carlos — SP
Telefax: (0**16) 3373-9199
e-mail: residuos@sc.usp.br
site: www.sc.usp.br/residuo

Papel/Papelão

Associação Brasileira do Papelão Ondulado — ABPO

Rua Brigadeiro Gavião Peixoto, 646
CEP: 05078-000 — São Paulo — SP
Tel.: (0**11) 3538-2276/Fax: (0**11) 3538-2250
e-mail: abpo@abpo.org.br
site: www.abpo.org.br

Associação Brasileira Técnica de Celulose e Papel — ABTCP

Rua Zequinha de Abreu, 21, Pacaembu
CEP: 01250-050 — São Paulo — SP
Tel.: (0**11) 3874-2700
e-mail: nit@abtcp.org.br
site: www.abtcp.org.br

Indústria Brasileira de Árvores — Ibá

Rua Olimpíadas, 66, 9º andar, Vl. Olímpia
CEP: 04551-000 — São Paulo — SP
Tel.: (0**11) 3018-7800/Fax: (0**11) 3018-7813
http://iba.org/pt/

Plástico

Associação Brasileira da Indústria de Embalagens Plásticas Flexíveis — Abief

Av. Paulista, 2.439, 8º andar
CEP: 01311-936 — São Paulo — SP
Tel.: (0**11) 3032-4092/Fax: (0**11) 3032-2021
e-mail: abief@abief.com.br
site: www.abief.com.br

Associação Brasileira da Indústria do Plástico — Abiplast

Av. Paulista, 2.439, 8º andar, cj. 81/82
CEP: 01311-936 — São Paulo — SP
Tel.: (0**11) 3060-9688/Fax: (0**11) 3060-9686
e-mail: abiplast@abiplast.org.br
site: www.abiplast.org.br

Plástico biodegradável

ResBrasil — embalagens naturalmente degradáveis

Rua das Araras, 216, sala A — Paiquerê
CEP: 13271-606 — Valinhos — SP
e-mail: resbrasil@resbrasil.com.br
site: www.resbrasil.com.br

Reciclagem

Recicloteca — Centro de Informações sobre Reciclagem e Meio Ambiente

www.recicloteca.org.br

Rota da reciclagem

Onde reciclar embalagens longa vida e outros materiais.
www.rotadareciclagem.com.br

Vidro

Associação Técnica Brasileira das Indústrias Automáticas de Vidro — Abividro

Rua General Jardim, 482, 16º andar
CEP: 01223-010 — São Paulo — SP
Tel.: (0**11) 3255-3033/
Fax: (0**11) 3255-4457
e-mail: profession@profession.com.br (assessoria de imprensa)
site: www.abividro.org.br